O CHARCO DO DIABO

Título original:
La Mare au Diable

Tradução e notas:
Ricardo Mangerona

Revisão:
António Barrancos

Capa:
Susana Villar

Depósito Legal n.º

Biblioteca Nacional de Portugal – Catalogação na Publicação

SAND, George, pseud.

O charco do diabo. – 1ª ed. – (Fora de coleção)
ISBN 978-989-9124-56-1

CDU 821.133.1-31"18"

Paginação:
MJA

Impressão e acabamento:
?????

para
Minotauro
Janeiro 2023

MINOTAURO, uma chancela de Edições Almedina, S.A.
Avenida Emídio Navarro, 81, 3D
3000-151 Coimbra
e-mail: editoras@grupoalmedina.net

O CHARCO DO DIABO

GEORGE SAND

Tradução e notas
de Ricardo Mangerona

MINOTAURO

Índice

APÊNDICE

Preâmbulo[1]

Quando comecei, com *O Charco do Diabo*, uma série de romances campestres que me propunha reunir sob o título *Serões do Canhameiro*, não segui qualquer sistema, nem tive qualquer pretensão de revolucionar a literatura. Ninguém faz uma revolução sozinho, e revoluções há, sobretudo nas artes, que a humanidade concretiza sem saber bem como, porque cada um faz a sua parte. Mas isto não se aplica ao romance de costumes rústicos. Este existe desde sempre e em todas as formas, tanto pomposas como amaneiradas ou ingénuas. Já o disse, e devo repeti-lo aqui: desde sempre que o sonho da vida campestre é o ideal das cidades, e mesmo das cortes. Não fiz nada de novo ao seguir a tendência que leva o homem civilizado aos encantos da vida primitiva. Não quis criar uma nova língua nem procurar um novo estilo. No entanto, disseram-me que sim em vários folhetins, mas eu sei melhor do que ninguém em que pé estou quanto aos meus próprios projetos, e admira-me sempre que a crítica procure tão fundo, quando a ideia mais simples e a circunstância mais vulgar são a única inspiração à qual as produções de arte devem a existência. Para *O Charco do Diabo*, em particular, aquilo que registei no prólogo (uma gravura de Holbein[2] que me havia impressionado e uma cena real que decorria à minha frente no mesmo momento, no tempo da sementeira) foi tudo o que me incitou a escrever esta história modesta, situada nas paisagens humildes que eu percorria todos os dias. Se me perguntarem o que quis fazer, responderei que quis fazer uma coisa muito tocante e muito simples, e que não fui tão bem-sucedido como pretendia. Eu bem vi, eu bem senti o belo no simples, mas ver e pintar são coisas muito diferentes! Tudo o que o artista pode esperar de melhor é motivar aqueles que têm olhos a ver também. Vede, pois, a simplicidade, vós outros, vede o céu e os campos, e as árvores, e os camponeses, sobretudo naquilo que têm de bom e de verdadeiro: vê-los-eis um pouco no meu livro; vê-los-eis muito melhor na natureza.

George Sand
Nohant, 12 de abril de 1851

I.

Do autor para o leitor

À la sueur de ton visaige	*Com o suor do teu rosto*
Tu gaigneras ta pauvre vie,	*Ganharás a pobre vida,*
Après long travail et usaige,	*Depois do trabalho e esforço,*
Voicy la mort qui te convie.	*Eis que a morte te convida.*

Esta quadra em francês antigo, que se lê por baixo de uma composição de Holbein, é de uma tristeza profunda na sua ingenuidade. A gravura representa um lavrador conduzindo a charrua no meio de uma courela. Um vasto campo estende-se ao longe, vê-se uns pobres casebres; o sol põe-se atrás da colina. É o fim de uma rude jornada de trabalho. O camponês é velho, atarracado e está coberto de trapos. As duas parelhas de cavalos que empurra por diante estão magras, extenuadas; a relha afunda-se no solo áspero e rebelde. Há apenas um ser alegre e ágil nesta cena de *suor e esforço*. É uma personagem fantástica, um esqueleto armado de um chicote, que corre pelo campo ao lado dos cavalos sobressaltados e que os fustiga, servindo, assim, de ajudante de arrieiro ao velho lavrador. É a morte, esse espectro que Holbein introduziu alegoricamente na sucessão de temas filosóficos e religiosos, a um tempo lúgubres e cómicos, intitulada *Os Simulacros da Morte*.

Nesta coleção, ou melhor, nesta vasta composição em que a morte, desempenhando o seu papel em todas as páginas, é o elo e o pensamento dominante, Holbein convocou os soberanos, os pontífices, os amantes, os jogadores, os bêbados, as freiras, as cortesãs, os bandidos, os pobres, os guerreiros, os monges, os judeus, os viajantes, toda a gente do seu tempo e do nosso a comparecerem, e por toda a parte o espectro da morte zomba, ameaça e triunfa. Está ausente apenas de um quadro. É aquele em que o pobre Lázaro[3], deitado no meio da imundície à porta do rico, declara que não a teme, sem dúvida porque não tem nada a perder e porque a sua vida é uma morte antecipada.

Será mesmo consolador este pensamento estoico do cristianismo semipagão do Renascimento? Será que as almas religiosas encontram nele satisfação? O ambicioso, o torpe, o tirano, o devassado, todos esses pecadores soberbos que abusam da vida, e que a morte agarra pelos cabelos, vão ser punidos, sem dúvida; mas serão o cego, o mendigo, o louco e o pobre camponês recompensados pela sua longa miséria ao pensarem somente que a morte já não lhes pode causar mais dano? Não! Uma tristeza implacável, uma assustadora fatalidade pesa sobre a obra do artista. Parece-se com uma maldição amarga lançada sobre a sorte da humanidade.

Era mesmo essa a sátira dolorosa, o verdadeiro retrato da sociedade que Holbein tinha à sua frente. Crime e desgraça era aquilo que o impressionava; mas nós, artistas de outro século, que representaremos? Haveremos de procurar na ideia da morte a remuneração da humanidade presente e de a invocar como castigo da injustiça e compensação do sofrimento?

Não, nós já não queremos nada com a morte, mas sim com a vida. Já não acreditamos nem no vazio do túmulo nem na salvação comprada ao preço de uma renúncia forçada; queremos que a vida seja boa, porque queremos que ela seja fecunda. É preciso que Lázaro deixe a sua imundície, para que o pobre já não se regozije com a morte do rico. É preciso que todos sejam felizes, para que a felicidade de alguns não seja criminosa e maldita perante Deus. É preciso que o lavrador, ao semear o seu trigo, saiba que trabalha em prol da vida, e não que ele se regozije de ter a morte a caminhar a seu lado. É preciso, por fim, que a morte deixe de ser o castigo pela prosperidade ou o consolo da aflição. Deus não a criou com o fim nem de punir nem de compensar pela vida; pois ele abençoou a vida, e o túmulo não deve ser um refúgio para onde nos permitamos enviar aqueles que não queremos fazer felizes.

Certos artistas do nosso tempo, deitando um olhar sério sobre aquilo que os rodeia, concentram-se em representar a dor, a abjeção da miséria, a imundície de Lázaro. Isso pode até ser do domínio da arte e da filosofia, mas, ao representarem a miséria tão feia, tão aviltada, por vezes tão viciosa e tão criminosa, será que o seu objetivo é alcançado, e que o efeito é salutar, como queriam? Não ousamos pronunciar-nos sobre esse assunto. Podem dizer-nos que, ao mostrarem esse abismo escavado abaixo do frágil chão da opulência, assustam o malvado rico, como, no tempo da *dança macabra*, se lhe mostrava a sua cova escancarada[4] e a morte pronta a envolvê-lo nos seus braços imundos. Hoje, mostram-lhe o bandido a arrombar-lhe a porta e o assassino a espiar-lhe o sono. Confessamos não compreender muito bem como reconciliá-lo com a humanidade que ele despreza, como torná-lo sensível à dor do pobre que ele receia, mostrando-lhe esse pobre na forma do condenado evadido e do noturno errante. A horrível morte, rangendo os dentes e tocando violino nas imagens de

Holbein e dos seus predecessores, não achou um meio, nesse aspeto, para converter os perversos e para consolar as vítimas. Não será que a nossa literatura procede aqui um pouco como os artistas da Idade Média e do Renascimento?

Os beberrões de Holbein enchem as canecas com uma espécie de furor para afastarem a ideia da morte, que, invisível para eles, lhes serve de escanção. Os malvados ricos de hoje encomendam canhões e fortificações para afastarem a ideia de uma insurreição popular, que a arte lhes mostra, trabalhando na sombra, em detalhe, aguardando o momento certo para dissolver o estado[5] social. A Igreja da Idade Média respondia ao temor dos poderosos da terra com a venda de indulgências. O governo de hoje acalma a inquietação dos ricos fazendo-os pagar por muitos guardas e carcereiros, baionetas e prisões.

Albrecht Dürer, Miguel Ângelo, Holbein, Callot ou Goya[6] fizeram poderosas sátiras dos males do seu século e do seu país. São obras imortais, páginas históricas de um valor incontestável. Não queremos denegar aos artistas o direito de sondarem as chagas da sociedade e de as porem a nu à nossa frente; mas não haverá agora mais nada a fazer além da pintura de terror e ameaça? Nessa literatura sobre os mistérios da iniquidade[7], que o talento e a imaginação fizeram moda, gostamos mais das figuras doces e suaves do que dos celerados de efeito dramático. Aquelas podem empreender e provocar conversões; os outros provocam medo, e o medo não cura o egoísmo: aumenta-o.

Acreditamos que a missão da arte é uma missão de sentimento e de amor, que o romance de hoje deveria substituir a parábola e o apólogo dos tempos da ingenuidade e que o artista tem uma tarefa mais ampla e mais poética do que a de propor algumas medidas de prudência e de conciliação para atenuar o receio que as suas representações inspiram. O seu objetivo deveria ser o de nos fazer amar os objetos da sua solicitude, e, se necessário, eu não o acusaria se os embelezasse um pouco. A arte não é um estudo da realidade positiva; é uma procura da verdade ideal, e *O Vicário de Wakefield* foi um livro mais útil e mais saudável para a alma do que *O Camponês Pervertido* e *As Ligações Perigosas*[8].

Leitor, queira perdoar-me estas reflexões e aceitá-las à laia de prefácio. Não haverá nada disto na historieta que lhe vou contar, e ela será tão curta e tão simples que eu tinha necessidade de me desculpar de antemão, dizendo-lhe o que penso das histórias terríveis.

Foi a propósito de um lavrador que me deixei arrastar nesta digressão. Era precisamente a história de um lavrador que eu tinha a intenção de contar, e que contarei já de seguida.

II.

O labor

Acabava de observar demoradamente e com uma profunda melancolia o lavrador de Holbein e passeava pelos campos, devaneando com a vida rural e o destino do agricultor. É lúgubre, sem dúvida, consumir as forças e os dias a rasgar o seio desta terra ciosa, que obriga a arrancar os tesouros da sua fertilidade, quando o pedaço de pão mais negro e mais grosseiro é, no fim da jornada, a única recompensa e lucro associados a tão duro labor. Estas riquezas que cobrem o chão, estas colheitas, estes frutos, estes animais orgulhosos que se cevam de longas ervas, são a propriedade de alguns e os instrumentos da fadiga e da escravidão dos demais. No geral, o homem ocioso não gosta do campo em si mesmo, nem das pradarias, nem do espetáculo da natureza, nem dos animais soberbos, que devem converter-se em moedas de ouro para seu proveito. O homem ocioso vem procurar um pouco de ar e de saúde na sua estada no campo, e depois regressa para gastar nas grandes cidades o fruto do trabalho dos seus vassalos.

Por sua vez, o homem de trabalho está demasiado atarefado, infeliz e assustado com o porvir para desfrutar da beleza dos campos e dos charmes da vida rústica. Também para ele os campos dourados, as belas pradarias e os animais soberbos representam sacos de escudos, dos quais não lhe tocará mais do que uma pequena parte, insuficiente para as suas necessidades, e que, porém, é preciso tornar a encher todos os anos, esses sacos malditos, para satisfazer o patrão e pagar o direito de viver parcimoniosa e miseravelmente nos seus domínios.

E, no entanto, a natureza é eternamente jovem, bela e generosa. Ela derrama a poesia e a beleza sobre todos os seres, todas as plantas a que permitimos o maior desenvolvimento possível. Ela possui o segredo da felicidade, e ninguém soube ainda arrebatá-lo. O mais feliz dos homens seria aquele que, possuindo a ciência do seu labor, e trabalhando com as próprias mãos, extraindo o bem-estar e a liberdade do exercício da sua força inteligente, tivesse tempo de viver pelo coração e pelo cérebro, de compreender a sua obra e amar a de Deus. O artista tem prazeres deste género na contemplação e na reprodução das belezas da natureza; mas ao ver a dor dos homens que povoam este paraíso da terra, o artista de coração sincero e humano fica perturbado em pleno prazer. A felicidade estaria onde, juntamente com o espírito, o coração e os braços a trabalharem juntos sob o olho da Providência, existisse uma santa harmonia entre a munificência de Deus e os êxtases da alma humana. Só então, no lugar da lastimável e assustadora morte, caminhando no seu carreiro, de chicote em punho, o pintor de alegorias poderia colocar ao seu lado um anjo radioso, semeando às mãos-cheias o bendito trigo sobre os regos fumegantes.

E o sonho de uma existência doce, livre, poética, laboriosa e simples para o homem do campo não é assim tão difícil de conceber que se deva relegar ao estatuto de quimera. O dizer doce e triste de Virgílio: «Ah, feliz seria o homem do campo, se conhecesse a sua felicidade!»[9] é uma lamentação; mas, como todas as lamentações, é também uma predição. O dia virá em que o lavrador poderá ser também um artista, se não para exprimir (o que não terá então grande importância), ao menos para sentir o belo. Devemos acreditar que essa misteriosa intuição da poesia não está já dentro dele em estado de instinto e vago devaneio? Para aqueles que hoje estão protegidos por um pouco de conforto, bem como para aqueles a quem o excesso de infortúnio não abafou todo o desenvolvimento moral e intelectual, a felicidade pura, sentida e apreciada, encontra-se num estado elementar; e, aliás, se do seio da dor e da fadiga se elevaram já vozes de poetas[10], porque haveríamos nós de dizer que o trabalho de braços exclui as funções da alma? Talvez essa exclusão seja o resultado geral de um trabalho excessivo e de uma miséria profunda; mas que não se diga que, quando o homem trabalhar moderada e utilmente, já só restarão maus trabalhadores e maus poetas. Aquele que extrai nobres prazeres do sentimento da poesia é um verdadeiro poeta, ainda que não tenha feito um único verso na vida.

Os meus pensamentos tinham tomado este rumo, e eu não me apercebia de que esta confiança na educabilidade do homem era fortificada em mim por influências exteriores. Caminhava pela orla de uma courela que alguns camponeses estavam a preparar para a próxima sementeira. O território era vasto como o de um quadro de Holbein. A paisagem também era vasta e enquadrava, com grandes linhas de verdura, um pouco avermelhada à aproximação do outono, esta larga jeira de um castanho vigoroso, onde as chuvas recentes haviam deixado, entre alguns regos, umas linhas de água que o sol fazia rebrilhar como estreitos fios de prata. O dia estava claro e tépido, e a terra, aberta de fresco pelo ferro da charrua, emanava um ligeiro vapor. Nos altos do cerro, um velho cujas costas largas e figura severa recordavam as de Holbein, mas cujas roupas não anunciavam a miséria, empurrava violentamente o seu *aradouro*[11], à maneira dos antigos, arrastado por uma parelha de bois muito tranquilos que usavam vestes de um amarelo-pálido, verdadeiros patriarcas da pradaria, grandes em altura, um pouco magros, os cornos longos e rebaixados, desses velhos trabalhadores que uma longa habituação tornou *irmãos*, como se lhes chama nos nossos campos, e que, privados um do outro, se recusam ao trabalho com um novo companheiro e se deixam morrer de desgosto. As pessoas que não conhecem o campo acusam de fábula a amizade do boi pelo camarada com que faz parelha. Que venham ver ao fundo do estábulo um desses pobres animais, magro, extenuado, batendo com a cauda inquieta nos flancos descarnados, bufando de desdém e asco sobre a comida que se lhe põe diante, os olhos sempre voltados para a porta, raspando com a pata o lugar vazio ao seu lado, farejando os jugos e as correias que o companheiro usou e chamando por ele sem cessar com mugidos deploráveis. O boieiro dirá: «É uma parelha de bois perdida; o irmão morreu, e este já não trabalha mais. Era preciso cevá-lo para o abater; mas ele nem quer comer, e em breve morrerá de fome.»

O velho lavrador trabalhava lentamente, em silêncio, sem esforços inúteis. A sua dócil parelha não se apressava mais do que ele; mas, graças à continuidade de um labor sem distração e de um investimento de forças experimentadas e constantes, a sua parcela ficou lavrada tão depressa quanto a do seu filho, que levava, a alguma distância, quatro bois menos robustos por um veio de terras mais difíceis e pedregosas.

Mas o que atraiu depois a minha atenção foi verdadeiramente um belo espetáculo, matéria nobre para um pintor. Na outra extremidade da planície arável, um jovem de boa figura conduzia uma junta magnífica: quatro parelhas de jovens animais com vestes escuras, misturadas de negro e fulvo, com reflexos de fogo, de cabeça curta e frisada, cheirando ainda a touro selvagem, aqueles olhos grandes e bravios, aqueles movimentos bruscos, aquele trabalho nervoso e agitado de quem ainda se irrita com o jugo e o aguilhão e não obedece sem estremecer de cólera ao domínio recentemente imposto. São, como lhes chamamos, bois *ligados de fresco.* O homem que os governava tinha de arrotear uma parcela que estava abandonada ao pasto e cheia de cepos seculares, trabalho de atleta a que mal bastavam a sua energia e juventude e os seus oito animais quase indomados.

Um menino com cerca de seis ou sete anos, belo como um anjo, com uma pele de cordeiro que o fazia assemelhar-se ao pequeno São João Batista dos pintores do Renascimento, caminhava no carreiro paralelo ao da charrua e picava o flanco dos bois com uma chibata leve e longa, armada de um aguilhão pouco aguçado. Os orgulhosos animais estremeciam com a mãozinha da criança e faziam chocalhar as correias e os jugos ligados às cabeças, sacudindo o timão com violentos abanões. Quando uma raiz impedia a relha, o lavrador gritava com uma voz poderosa, chamando cada besta pelo nome, mas mais para acalmar do que para excitar; é que os bois, irritados por essa brusca resistência, sobressaltavam-se, escavavam a terra com os cascos bifurcados, e ter-se-iam precipitado para o lado levando consigo o aradouro por esse campo afora se, com a voz e o aguilhão, o jovem não tivesse dominado os quatro primeiros, enquanto o menino governava os outros quatro. Este gritava também, coitadinho, com uma voz que queria fazer soar terrível e que permanecia doce como a sua figura angélica. Tudo aquilo era belo pela força ou pela graça: a paisagem, o homem, a criança, os touros sob o jugo; e, apesar dessa poderosa luta em que a terra era vencida, havia um profundo sentimento de suavidade e de calma que pairava sobre todas as coisas. Quando o obstáculo era ultrapassado e a junta retomava a sua marcha igual e solene, o lavrador, cuja violência fingida não era mais do que um exercício de vigor e um requisito da atividade, retomava de súbito a serenidade das almas simples e voltava um olhar de contentamento paternal para o filho, que se virava para lhe sorrir. Depois, a voz máscula daquele jovem pai de família entoava o cante solene e melancólico que a antiga tradição da terra transmite, não a todos os lavradores indistintamente, mas aos mais consumados na arte de excitar e controlar o ardor dos bois de trabalho. Este cante, cuja origem foi talvez considerada sagrada, e ao qual misteriosas influências devem ter sido outrora atribuídas, é prezado ainda hoje por possuir a virtude de animar a coragem daqueles animais, de apaziguar os seus dissabores e de embalar o tormento da sua pesada lida. Não basta saber conduzi-los bem, traçando um rego perfeitamente retilíneo, e aligeirar-lhes o esforço ao erguer ou afundar o ferro no momento certo: não se é um bom lavrador se não se souber cantar aos bois, e essa é uma ciência à parte que exige um gosto e meios particulares.

Este cante não é, para dizer a verdade, mais do que uma espécie de recitativo interrompido e retomado a bel-prazer. A sua forma irregular e as entoações desafinadas (segundo as regras da arte musical) tornam-no intraduzível. Mas não deixa de ser um belo cante, e de tal forma apropriado à natureza do trabalho que acompanha, ao ritmo do boi, à calmaria dos lugares agrestes, à simplicidade dos homens que o dizem, que nenhum génio estrangeiro ao trabalho da terra poderia tê-lo inventado, e nenhum outro cantor senão um *hábil lavrador* desta comarca saberia repeti-lo. Nas épocas do ano em que não há outro trabalho e outro movimento nos campos além da lavoura, este cante tão doce e poderoso eleva-se como uma voz da brisa, com a qual a sua tonalidade particular tem uma certa semelhança. A nota final de cada frase, vibrada e sustida com um fôlego de poderio e duração incríveis, sobe um quarto de tom, desafinando sistematicamente. É selvagem, mas o seu charme é indescritível, e quando se está habituado a ouvi-lo, não se pode conceber que outro cante se eleve naquele momento e naquele lugar sem perturbar uma tal harmonia.

Acontecia, pois, que eu tinha à minha frente um quadro que contrastava com o de Holbein, ainda que a cena fosse igual. Em vez de um velho triste, um homem novo e bem-disposto; em vez de quatro cavalos escanzelados e esbaforidos, uma dupla quadriga de bois robustos e ardentes; em vez da morte, uma linda criança; em vez de uma imagem de desespero e de uma ideia de destruição, um espetáculo de energia e um pensamento de felicidade. Foi então que a quadra francesa

Com o suor do teu rosto, etc.

e o «*O fortunatos... agricolas*» de Virgílio me vieram juntos à lembrança, e ao ver aquele par tão bonito, o homem e a criança, encetar, em condições tão poéticas e com tanta graça unida à força, um trabalho cheio de grandeza e de solenidade, eu senti uma piedade tão profunda misturada com um respeito involuntário. Feliz o lavrador! Sim, sê-lo-ia eu no seu lugar, sem dúvida, se o meu braço, fazendo-se robusto de repente, e o meu peito poderoso pudessem assim fecundar e cantar a natureza, sem que os meus olhos deixassem de ver, e o meu cérebro de compreender, a harmonia das cores e dos sons, a subtileza dos tons e a graça dos contornos — em suma, a beleza misteriosa das coisas!, e, sobretudo, sem que o meu coração deixasse de estar em relação com o sentimento divino que presidiu à criação imortal e sublime.

Mas, lastimavelmente, aquele homem nunca compreendeu o mistério do belo, aquela criança nunca o compreenderá!... Que Deus me impeça de crer que eles não sejam superiores aos animais que dominam e que, por instantes, não tenham uma espécie de revelação extática que embale a sua fadiga e adormeça as suas turvações! Vejo sobre as suas nobres frontes o sinal do Senhor, pois eles nasceram muito mais reis da terra do que aqueles que a possuem por terem pagado por ela. E a prova de que eles o sentem é que ninguém pode expatriá-los impunemente, é que eles amam este chão regado com o seu suor, é que o verdadeiro camponês morre de nostalgia sob um arnês de soldado, longe da terra que o viu nascer.[12] Mas falta a esse homem uma parte dos prazeres que eu possuo, prazeres imateriais que lhe seriam bem devidos, a ele, ao operário do vasto templo que só o céu é suficientemente vasto para abraçar. Falta-lhe a consciência do seu próprio sentimento. Aqueles que o condenaram à servidão desde o ventre da sua mãe, não podendo tirar-lhe o sonho, tiraram-lhe a reflexão.

Pois bem, tal como é, incompleto e condenado a uma eterna infância, ele é ainda mais belo do que aquele a quem a ciência abafou o sentimento! Não vos eleveis sobre ele, vós outros que vos credes investidos do direito legítimo e imprescindível de lhe dar ordens, pois esse erro tremendo em que vos encontrais prova que o vosso espírito matou o vosso coração, e que sois vós os mais incompletos e os mais cegos dos homens!... Prefiro muito mais aquela simplicidade da sua alma às falsas luzes da vossa; e se eu tivesse de contar a sua vida, teria mais gosto em salientar as partes doces e tocantes do que tendes vós de mérito em pintar a abjeção em que os rigores e os desprezos dos vossos preceitos sociais podem precipitá-lo.

Eu conhecia aquele jovem e aquela bonita criança, sabia a sua história — pois eles tinham uma história, toda a gente tem a sua, e cada um de nós poderia interessar ao romance da sua própria vida, se pudesse compreendê-lo... Ainda que camponês e simples lavrador, Germain tinha-se dado conta dos seus deveres e das suas relações. Ele contara-mos ingenuamente, claramente, e eu tinha escutado com interesse. Depois de o ter visto lavrar por algum tempo, perguntei-me porque é que a sua história não haveria de ser escrita, ainda que fosse uma história tão simples, tão direita e com tão pouco ornamento quanto o rego que ele traçava com a charrua.

No próximo ano, esse rego será tapado e coberto por um novo. Assim se imprime e desaparece o traço da maior parte dos homens no campo da humanidade. Um pouco de terra apaga-o, e os regos que traçámos sucedem-se uns aos outros como os túmulos no cemitério. Ora, aquele que o lavrador traçou não valerá o mesmo que o do ocioso, que tem, todavia, um nome, um nome que ficará, se, por uma singularidade ou um absurdo qualquer, fizer um pouco de barulho neste mundo?...

Pois bem, arranquemos, se possível, ao vazio do esquecimento a leira de Germain, o *hábil lavrador.* Ele não saberá de nada e nem se inquietará um pouco; mas eu hei de ter algum gosto em tentar.

III.

O tio[13] Maurice

— Germain — disse-lhe um dia o sogro —, é preciso que te decidas finalmente a arranjar uma nova mulher. Em breve faz dois anos que estás viúvo da minha filha, e o teu filho mais velho tem sete anos. Aproximas-te dos 30, meu rapaz, e tu sabes que, passada essa idade, por estas terras, um homem é considerado demasiado velho para formar família outra vez. Tu tens três belos filhos, e até agora eles nunca nos deixaram ficar mal. A minha mulher e a minha nora cuidaram deles o melhor que puderam, e amaram-nos como bem deviam. Aí está o Pierre-Pequenito quase crescido; até já tem algum jeito para picar os bois; é bastante sagaz para guardar os animais no prado e forte o suficiente para levar os cavalos ao bebedouro. Portanto, não é ele quem nos vai dar problemas; mas os outros dois, que, todavia, amamos muito, Deus o sabe (coitadinhos!), e que nos dão muitas preocupações este ano. A minha nora está prestes a dar à luz e ainda tem um pequenino nos braços. Quando chegar aquele que esperamos, ela já não vai poder cuidar da tua pequena Solange, e sobretudo do teu Sylvain[14], que ainda nem tem quatro anos e não sabe estar quieto, nem de dia nem de noite. Tem o sangue a ferver, como tu: dará um bom trabalhador, mas uma criança terrível, e a minha velha já não corre rápido o suficiente para o apanhar quando ele se esconde do lado do fosso ou quando se lança aos pés dos animais. E depois, com aquele que a minha nora vai pôr no mundo, o seu penúltimo vai cair pelo menos durante um ano nos braços da minha mulher. Por isso, os teus filhos deixam-nos inquietos e sobrecarregados. Nós não gostamos de ver as crianças descuidadas; e quando se pensa nos acidentes que podem acontecer, por falta de vigilância, não se tem a cabeça em descanso. Precisas de outra mulher, e eu de outra nora. Pensa nisso, meu rapaz. Já te avisei várias vezes, o tempo passa, os anos não esperam por ti. Deves isto aos teus filhos, e também a nós, que queremos que tudo corra bem por aqui: volta a casar-te o mais cedo possível.

— Pois bem, meu pai — respondeu o genro —, se é mesmo isso que quer, tenho de o contentar. Mas não quero esconder-lhe que isto me vai causar grande transtorno, e que não tenho mais vontade de o fazer do que de me afogar. A gente sabe quem perde e não sabe quem encontra. Eu tinha uma mulher valente, bonita, doce, corajosa, boa para o seu pai e para a sua mãe, boa para o seu marido, para os filhos, para o trabalho, nos campos como em casa, sempre de mangas arregaçadas — boa em tudo; e quando ma deu, quando eu a tomei, não assentámos como condição que eu viria a esquecê-la se tivesse a infelicidade de a perder.

— O que me estás a dizer é sinal de bom coração, Germain — retomou o tio Maurice. — Eu sei que tu amaste a minha filha, que a fizeste feliz e que se pudesses contentar a morte indo tu no seu lugar, a Catherine estaria aqui a esta hora, e tu no cemitério. Ela merecia ser amada por ti a tal ponto, e se tu não encontras consolo, pois nós também não. Mas eu não te falo em esquecê-la. Deus Nosso Senhor quis que ela nos deixasse, e nós não deixaremos passar um dia sem lhe demonstrar pelos nossos pensamentos, preces, palavras e ações que respeitamos a sua memória e que estamos transtornados com a sua partida. Mas se ela pudesse falar-te do outro mundo e dar-te a conhecer a sua vontade, dir-te-ia que procurasses uma mãe para os seus pequenos órfãos. Trata-se, portanto, de procurar uma mulher que seja digna de a substituir. Não será fácil; mas não é impossível; e quando te encontrarmos uma, hás de amá-la como amavas a minha filha, porque és um homem honesto e porque lhe estarás grato por ela nos fazer um favor e amar os teus filhos.

— Muito bem, pai Maurice — disse Germain —, farei a sua vontade, como sempre tenho feito.

— Que se te faça justiça, meu filho, que sempre escutaste a amizade e os bons argumentos do teu chefe de família. Tratemos juntos, então, da escolha da tua nova mulher. Primeiro, não sou da opinião de que devas optar por uma jovem. Não é disso que precisas. A juventude é ligeira; e como educar três crianças é um grande fardo, sobretudo quando vêm de outro casamento, é preciso uma boa alma, e bem sensata, muito doce e disposta a trabalhar. Se a tua mulher não tiver mais ou menos a mesma idade do que tu, não terá razões suficientes para aceitar tamanho dever. Vai achar-te demasiado velho, e aos teus filhos demasiado novos. Vai queixar-se, e os teus filhos é que sofrem.

— É isso mesmo que me apoquenta — disse Germain. — E se eles, coitadinhos, acabassem a ser maltratados, odiados, agredidos?

— Deus queira que não! — retomou o velho. — Mas as mulheres más são mais raras na nossa terra do que as boas, e era preciso ser doido para não deitar a mão àquela que nos convém.

— É verdade, meu pai: há boas raparigas na nossa aldeia. Há a Louise, a Sylvaine, a Claudie, a Marguerite... Enfim, aquela que bem quiser.

— Calma, meu rapaz, todas essas raparigas são demasiado jovens ou demasiado pobres... Ou demasiado bonitas; pois, afinal, há que pensar nisso também, meu filho. Uma mulher bonita não é sempre tão atinada quanto uma das outras.

— Quer, então, que eu escolha uma feia? — perguntou Germain, um pouco inquieto.

— Não, feia não, pois essa mulher dar-te-á outros filhos, e não há nada mais triste do que ter filhos feios, franzinos e enfermiços. Mas uma mulher ainda fresca, de boa saúde, e que não fosse nem bela nem feia, isso seria o ideal para ti.

— Estou a ver — disse Germain, sorrindo com alguma tristeza — que para a ter tal como ma pede será preciso fazê-la por medida: tanto mais que não a quer pobre, e que as ricas não são fáceis de alcançar, sobretudo para um viúvo.

— E se ela fosse também viúva, Germain? Isso, uma viúva sem filhos e que possua alguns bens?

— Por enquanto, não conheço nenhuma na nossa paróquia.

— Pois eu também não, mas há noutro sítio.

— Já tem alguém em mente, meu pai; vamos, diga logo quem é.

IV.

Germain, o hábil lavrador

— Sim, tenho alguém em mente — respondeu o tio Maurice. — É uma do Léonard, viúva de um Guérin, que mora em Fourche[15].

— Não conheço, nem a mulher nem o lugar — respondeu Germain, resignado, mas cada vez mais triste.

— Chama-se Catherine, como a tua defunta.

— Catherine? Sim, teria muito gosto em voltar a chamar esse nome: Catherine! E, no entanto, se não puder amá-la tanto quanto à outra, terei ainda mais pena, porque me lembrará mais vezes dela.

— Eu digo-te que a amarás: é boa pessoa, uma mulher de grande coração. Já não a vejo há muito tempo, dantes não era uma rapariga feia; mas já não é jovem, tem 32 anos. É de boas famílias, todos gente prestável, e ela não tem menos de oito ou dez mil francos em terrenos, que venderia de bom grado para comprar outros no lugar onde se estabelecesse; pois ela também pensa em casar-se de novo, e eu sei que, se o teu carácter lhe conviesse, ela não acharia má a tua posição.

— Com que então já tem tudo isso pensado?

— Sim, salvo a opinião de vós os dois. E é isso que é preciso que vos pergunteis um ao outro, ao travarem conhecimento.

O pai dessa mulher é um pouco meu parente, e tem sido muito meu amigo. Sabes quem é o tio Léonard?

— Sim, já o vi falar-lhe nas feiras, e na última almoçastes juntos. Foi, então, sobre isto que ele o ocupou tanto tempo?

— Com certeza. Ele viu-te a vender os animais e pensou que te desenrascavas bem, que eras um rapaz de boa figura, que parecias ativo e entendido; e quando eu lhe disse tudo o que tu és e como te dás bem connosco, desde há oito anos que vivemos e trabalhamos juntos sem termos tido alguma vez uma palavra de mágoa ou de zanga, ele meteu na cabeça que havia de te casar com a filha; o que também me convém, confesso, tendo em conta a boa reputação que ela tem, assim como a honestidade da sua família e os bons negócios que eles conduzem, segundo sei.

— Estou a ver, pai Maurice, que se preocupa um pouco com os bons negócios.

— Com certeza que me preocupo. Tu não te preocupas também?

— Preocupo-me se o meu pai assim quiser, para lhe fazer a vontade, mas sabe bem que, da minha parte, nunca me embaraço com o que me toca ou não toca de lucros. Não me entendo a fazer partilhas, e a minha cabeça não é boa para essas coisas. Conheço a terra, os bois, os cavalos, os arreios, as sementes, a batedura[16], as forragens. Já os carneiros, a vinha, o cultivo da horta e das ervas e os pequenos rendimentos, sabeis que são coisas que dizem respeito ao vosso filho, e eu não me meto muito nisso. Quanto ao dinheiro, a minha memória é curta, e preferia antes ceder a disputar sobre o teu e o meu. Receio enganar-me e reclamar o que não me é devido, e se os negócios não forem simples e claros, acabo sempre por me perder.

— Tanto pior, meu filho, e é por isso que eu gostaria que tu tivesses uma mulher com cabeça para me substituir quando eu já não estiver por cá. Tu nunca quiseste estar por dentro das nossas contas, e isso poderia levar-te a desentendimentos com o meu filho, quando já não me tiverdes cá para vos pôr de acordo e dizer-vos o que toca a cada um.

— Oxalá viva muito tempo, pai Maurice! Mas não se apoquente com o que acontecerá depois; nunca me vou disputar com o seu filho. Fio-me tanto no Jacques como em si, e como não tenho bens próprios, já que tudo o que me possa tocar provém da sua filha e pertence aos nossos filhos, posso estar tranquilo, e o meu pai também; o Jacques não quereria despojar os filhos da irmã em favor dos seus, posto que ama quase tanto uns como os outros.

— Lá nisso tens razão, Germain. O Jacques é um bom filho, um bom irmão e um homem que ama a verdade. Mas o Jacques pode morrer primeiro do que tu, antes que os vossos filhos estejam criados, e, numa família, é preciso pensar sempre em não deixar os menores sem um chefe para os aconselhar bem e resolver os seus diferendos. De outro modo, os homens da lei vêm meter-se, baralham-nos a todos e fazem-nos esbanjar tudo em processos. Assim sendo, não devemos pensar em trazer mais uma pessoa para casa, seja homem ou mulher, sem ponderarmos que um dia essa pessoa talvez tenha de dirigir a conduta e os assuntos de trinta e tal filhos, netos, genros, noras... Não sabemos quanto pode uma família crescer, e quando a colmeia fica lotada a ponto de enxamear, cada um só pensa em levar o seu mel. Quando te aceitei como genro, ainda que a minha filha fosse rica e tu pobre, não a repreendi por te ter escolhido. Sabia-te bom trabalhador, e sabia bem que a melhor riqueza para as pessoas do campo, como nós, é um par de braços e um coração como os teus. Quando um homem traz isso para uma família, traz o bastante. Mas com as mulheres é diferente: o seu trabalho em casa é bom para conservar, não para adquirir. Além disso, agora que és pai e procuras mulher, é preciso pensar que os teus novos filhos, não tendo nada a pretender da herança dos irmãos do primeiro casamento, ficariam na miséria se acabasses por morrer, a menos que a tua mulher tenha alguns bens próprios. E, depois, as crianças que farão aumentar a nossa colónia custarão alguma coisa a alimentar. Se isso nos coubesse só a nós, alimentá-los-íamos, com toda a certeza, e sem nos queixarmos; mas o bem-estar de toda a gente ficaria assim diminuído, e os primeiros filhos teriam a sua parte de privações com tudo isso. Quando as famílias aumentam além dos limites sem que os bens aumentem em proporção, a miséria instala-se, independentemente da nossa coragem. Estas são as minhas observações, Germain. Pesa-as e trata de agradar à viúva Guérin, pois a sua boa conduta e os seus escudos trarão aqui uma ajuda no presente e tranquilidade no porvir.

— Está dito, meu pai. Vou tratar de lhe agradar, e também que ela me agrade.

— Para isso é preciso vê-la, ir procurá-la.

— Na sua morada? Em Fourche? É longe daqui, não é? E nós não temos tempo nenhum para andar de um lado para o outro nesta altura do ano.

— Quando se trata de um casamento por amor, é expectável que se perca tempo. Mas quando é um casamento de razão entre duas pessoas que não têm caprichos e sabem o que querem, fica logo decidido. Amanhã é sábado; fazes a tua jornada de trabalho um pouco mais curta, partes por volta das duas horas da tarde; à noite estarás em Fourche; a lua está por ora grande, os caminhos são bons e não são mais de três léguas de terra. Fica perto do Magnier. Além disso, vais levar a égua.

— Gostava tanto de ir a pé, com este tempo fresco.

— Sim, mas a égua é bonita, e um pretendente que chegue tão bem montado tem melhor aspeto. Vais vestir as tuas roupas novas e levas um bom presente de caça ao tio Léonard. Vais da minha parte, conversas com ele, passas o dia de domingo com a filha dele e regressas com um «sim» ou um «não» na segunda de manhã.

— Entendido — respondeu Germain, tranquilamente; e, no entanto, ele não estava de todo tranquilo.

Germain tinha vivido sempre de modo sensato, como vivem os camponeses trabalhadores. Casado aos 20 anos, não amara senão uma mulher na vida, e, desde que enviuvara, ainda que tivesse um carácter impetuoso e desenvolto, não tinha rido nem folgado com qualquer outra. Carregara fielmente um verdadeiro remorso no coração, e não era sem receio e sem tristeza que cedia ao sogro; mas o sogro sempre governara a família com sensatez, e Germain, que se dedicara por inteiro à causa comum e, por conseguinte, àquele que a personificava, o pai de família, não compreendia que alguém pudesse revoltar-se contra aqueles bons argumentos, contra o interesse de todos.

No entanto, estava triste. Poucos dias passavam sem que chorasse a mulher em segredo, e, ainda que a solidão começasse a pesar-lhe, estava mais assustado por formar uma nova união do que desejoso de se subtrair ao seu desgosto. Dizia vagamente para consigo que o amor poderia consolá-lo, surpreendendo-o, pois o amor não consola de outro modo. Não o encontramos quando o procuramos; ele vem até nós quando menos se espera. Aquele projeto de casamento sem paixão que o tio Maurice lhe mostrava, aquela noiva desconhecida, talvez mesmo todo o bem que lhe diziam da sua razão e virtude, tudo isso lhe dava muito que pensar. E ele lá foi, divagando como divagam os homens que não têm ideias suficientes para se combaterem entre si, isto é, não formulando para si mesmo belas ideias de resistência e egoísmo, mas sofrendo uma dor surda, e sem lutar contra um mal que tinha de aceitar.

Entretanto, o tio Maurice regressou à herdade, enquanto Germain, entre o pôr do sol e a noite, ocupava a última hora do dia a remendar as brechas que os carneiros tinham aberto na vedação de uma tapada junto às construções. Endireitava os ramos das silvas e firmava-os em montículos de terra, enquanto os tordos tagarelavam no arbusto vizinho e pareciam gritar-lhe que se despachasse, curiosos como estavam para virem examinar a sua obra assim que ele partisse.

V.

A Guillette[17]

O tio Maurice encontrou em casa uma velha vizinha que viera conversar com a sua mulher a pretexto de uma brasa para acender o lume. A tia Guillette morava numa choupana muito pobre a dois tiros de espingarda da quinta. Mas era uma mulher firme e de boa vontade. A sua pobre casa estava limpa e bem arranjada, e as suas roupas, remendadas com esmero, anunciavam o respeito de si mesma no meio da aflição.

— Vem procurar o lume para a noite, tia Guillette? — perguntou-lhe o velho. — Vai querer mais alguma coisa?

— Não, tio Maurice — respondeu ela —, mais nada, por enquanto. Não sou pedinchona, como sabe, e não abuso da vontade dos meus amigos.

— Lá isso é verdade, mas os seus amigos estão sempre prontos a servi-la.

— Estava aqui a conversar com a sua mulher e perguntava-lhe se o Germain não se decidia finalmente a casar-se outra vez.

— Vossemecê não é nenhuma linguareira — respondeu o tio Maurice —, e pode-se falar na sua frente sem temer os comentários: assim, posso dizer-vos, a si e à minha mulher, que Germain está completamente decidido; parte amanhã para a propriedade de Fourche.

— Em boa hora! — exclamou a tia Maurice. — Coitado daquele menino! Deus queira que encontre uma mulher tão boa e tão valente como ele!

— Ah, ele vai a Fourche? — observou a Guillette. — Vejam lá como são as coisas! Isso até me dá muito jeito, e uma vez que me perguntava há pouco se eu desejava mais alguma coisa, eu vou dizer-lhe[18], tio Maurice, como me pode ajudar.

— Diga, diga, ajudá-la é o que nós queremos.

— Queria que o Germain fizesse o obséquio de levar a minha filha com ele.

— Mas aonde? A Fourche?

— Não, a Fourche não; mas aos Ormeaux, onde ela vai ficar o resto do ano.

— Como assim? — disse a tia Maurice. — Vai separar-se da sua filha?

— É preciso que ela entre ao serviço de alguém e que comece a ganhar a vida. Vai custar-me muito, e a ela também, pobre alma! Não nos decidimos a deixar-nos uma à outra na época do São João; mas eis que chega o São Martinho, e ela encontrou um bom lugar como pastora nas quintas dos Ormeaux. O fazendeiro passou por aqui no outro dia ao regressar da feira. Viu a minha pequena Marie, que conduzia os três carneiros pelo compáscuo. «Não está muito ocupada, minha filhinha», disse-lhe ele; «três carneiros para uma *zagala*, isso não é nada. Não quer guardar cem? Eu levo-a. A nossa pastora ficou doente, vai voltar para casa dos pais, e se vossemecê quiser vir ter connosco até daqui a oito dias, ganha 50 francos para o resto do ano até ao São João.» A miúda recusou, mas não pôde deixar de pensar nisso e de mo dizer, quando, ao chegar a casa, me viu triste e preocupada com o inverno, que vai ser duro e longo, uma vez que já foram avistados este ano os grous e os gansos selvagens a atravessar os céus, um mês inteiro mais cedo do que é costume. Chorámos as duas; mas, por fim, lá veio a coragem. Dissemos uma à outra que não podíamos ficar juntas, já que o nosso quinhão de terra mal chega para dar de viver a uma pessoa; e uma vez que a Marie já tem idade (fez agora 16 anos), é preciso que ela faça como as outras: que ganhe o seu pão e ajude a sua pobre mãe.

— Tia Guillette — disse o velho lavrador —, se 50 francos bastavam para a consolar do seu desgosto e para se dispensar de mandar a sua filha para longe. Eu arranjaria maneira de lhos achar, ainda que 50 francos para pessoas como nós já comecem a pesar. Mas em todas as coisas há que consultar tanto a razão como a amizade. Lá por se safar da miséria deste inverno, não se safa da miséria que está para vir, e quanto mais a sua filha tardar a encontrar um partido, mais difícil será, para si e para ela, a separação. A pequena Marie vai-se fazendo grande e forte, e não tem de que se ocupar em sua casa. Poderia cair no hábito da mandriagem...

— Oh! Já isso não temo eu — disse a Guillette. — A Marie é tão corajosa como possa ser qualquer menina rica a braços com uma grande empreitada. Não para um instante de braços cruzados, e quando não temos trabalho, ela limpa e esfrega os nossos pobres móveis, que ficam reluzentes como espelhos. É uma criança que vale o seu peso em ouro, e eu teria preferido muito mais que ela entrasse ao serviço aqui convosco, como pastora, do que ir para tão longe, para a casa de gente que eu não conheço. Acolhiam-na vossemecês no São João, se tivéssemos conseguido decidir-nos a tempo? Mas agora já empregaram a vossa gente, e nós já só podemos pensar no São João do ano que vem.

— Ah, concordo consigo, do fundo do coração, Guillette! Terei muito gosto. Mas, no entretanto, será bom para ela aprender um ofício e habituar-se a servir os outros.

— Sim, sem dúvida. A sorte está lançada. O fazendeiro dos Ormeaux mandou chamá-la esta manhã; nós dissemos que sim, e ela tem de partir. Mas a criança, coitada, não sabe o caminho, e eu não gostava de a mandar para tão longe sozinha. Já que o seu genro vai a Fourche amanhã, ele pode bem levá-la. Parece que fica mesmo ao lado da propriedade para onde ela vai, pelo que me disseram, pois eu nunca fiz essa viagem.

— É mesmo ao lado, e o meu genro vai conduzi-la. Tem de ser; pode mesmo levá-la à garupa da égua, o que sempre lhe poupará os sapatos. Aí vem ele para jantar. Diz-me, Germain, a pequena Marie da tia Guillette vai como pastora para os Ormeaux. Podes levá-la no cavalo, não é assim?

— Claro que sim — respondeu Germain, que estava preocupado, mas sempre disposto a dar a mão ao próximo.

Por cá, neste nosso mundo, tal coisa nunca viria à ideia de uma mãe, confiar uma filha de 16 anos a um homem de 28; pois Germain só tinha 28 anos; e ainda que, segundo as ideias da sua terra, passasse por velho do ponto de vista do casamento, era ainda o homem mais belo daquele lugar. O trabalho não o havia debilitado e esmaecido como à maior parte dos camponeses que têm dez anos de lavoura em cima. Ele tinha ainda força para lavrar por mais dez anos sem parecer velho, e era preciso que o preconceito da idade fosse muito forte no espírito de uma jovem moça para a impedir de ver que Germain tinha uma cor fresca, os olhos vivos de um azul como o céu de maio, a boca rosada, os dentes soberbos e o corpo elegante e ágil como o de um jovem cavalo que não deixou ainda o prado.

Mas a castidade dos costumes é uma tradição sagrada em certos campos afastados do movimento corrompido das grandes cidades, e, entre todas as famílias de Belair, a família Maurice era reputada de honesta e fiel à verdade. Germain ia procurar mulher; Marie era uma criança demasiado jovem e pobre para que ele pensasse nela desse modo, e, a menos que fosse um *sem-coração* e um *homem mau*, era impossível que ele tivesse um pensamento culpável a respeito dela. Portanto, o tio Maurice não ficou minimamente inquieto ao vê-lo levar à garupa aquela menina bonita; e a Guillette teria pensado causar-lhe injúria se lhe recomendasse que ele a respeitasse como sua irmã; Marie montou sobre a égua chorando, depois de ter abraçado vinte vezes a mãe e as amiguinhas. Germain, que já estava triste por sua conta, simpatizava ainda mais com o desgosto dela, e foi-se embora com um ar sério, enquanto a vizinhança dizia adeus com a mão à pobre Marie sem achar mal.

VI.

O Pierre-Pequenito

A *Cinza* era jovem, bela e vigorosa. Carregava sem esforço o seu duplo fardo, baixando as orelhas e roendo o freio, como a enérgica e orgulhosa égua que era. Ao passar diante do longo prado, viu a mãe, que se chamava *velha Cinza*, como ela era a *jovem Cinza*, e relinchou em sinal de adeus. A *velha Cinza* aproximou-se da sebe fazendo ressoar as peias, tentou galopar à beira do prado para seguir a filha; depois, ao vê-la trotar com embalo, relinchou e ficou pensativa, inquieta, o nariz ao vento, a boca cheia de ervas que se esquecera de comer.

— O coitado do animal conhece sempre a sua progénie — disse Germain, para distrair a pequena Marie do seu desgosto. — Faz-me pensar que não abracei o meu filho Pierre antes de partir. O velhaco do rapaz não estava lá! Ele queria fazer-me prometer que o traria, ontem à noite, e chorou durante uma hora na cama. Esta manhã, de novo, tentou de tudo para me persuadir. Oh, como ele se faz meiguinho, o manhoso! Mas quando viu que não se podia fazer nada, o senhor zangou-se: correu para os campos, e não o vi mais durante o dia.

— Pois eu vi-o — disse a pequena Marie, fazendo um esforço para engolir as lágrimas. — Andava a correr com os filhos dos Soulas, para os lados da mata, e eu bem desconfiei que ele estava fora de casa havia muito tempo, porque tinha fome e estava a comer abrunhos e amoras silvestres. Dei-lhe o pão do meu lanche, e ele disse-me: «Obrigado, minha querida Marie: quando vieres a nossa casa, dou-te um pastel de batata[19].» Tem ali uma criança muito simpática, Germain!

— Sim, lá simpático é ele — retomou o lavrador —, e eu não sei o que não faria por ele! Se a avó dele não tivesse mais razão do que eu, não teria resistido a trazê-lo, quando o vi chorar tão alto que o seu pobre coraçãozinho parecia rebentar.

— Pois bem, por que razão não haveria de o trazer, Germain?! Ele não o teria embaraçado; é tão ajuizado quando lhe fazemos a vontade!

— Parece-me que ele estaria a mais lá aonde eu vou. Pelo menos, era essa a opinião do meu pai Maurice... Já eu tinha pensado que, pelo contrário, era bom ver como ele seria recebido, e que uma criança tão simpática não podia senão ser aceite em boa amizade... Mas eles dizem lá em casa que não se pode começar por exibir os encargos do casamento... Não sei por que razão te falo disto, pequena Marie; tu não compreendes nada.

— Sim, Germain, eu sei que se vai casar. A minha mãe disse-me, recomendando-me que não falasse a ninguém, nem na nossa aldeia nem lá para onde eu vou, e pode ficar descansado: não direi palavra.

— Fazes bem, pois ainda não está nada assente; pode ser que eu não convenha à mulher em questão.

— Esperemos que sim, Germain. Por que razão não haveria de lhe convir?

— Quem sabe? Tenho três filhos, e isso é pesado para uma mulher que não seja mãe deles!

— É verdade, mas os seus filhos não são como as outras crianças.

— Achas que não?

— São lindos como uns anjinhos e tão bem-educados e amáveis que não se pode achar melhor.

— Há o Sylvain, que não é uma criança fácil.

— Ele é tão pequenino! Só pode ser um terrível; mas tem tanta graça!

— É verdade que tem graça! E uma coragem...! Não teme nem as vacas nem os touros, e, se o deixássemos à vontade, trepava já para cima dos cavalos com o irmão mais velho.

— Eu, no seu lugar, teria trazido o mais velho. De certeza que os faria gostarem logo de si, ter um filho tão lindo!

— Sim, se a mulher gostar de crianças; mas se ela não gostar...!

— Haverá mulheres que não gostam de crianças?

— Não muitas, acho eu; mas, enfim, sempre as há, e é isso que me atormenta.

— Então, não conhece de todo esta mulher?

— Não mais do que tu, e temo não a conhecer melhor mesmo depois de a ter visto. Eu cá não costumo ser desconfiado. Quando me dizem palavras bonitas, eu acredito: mas já estive mais de uma vez para me arrepender, pois as palavras não são ações.

— Dizem que é uma mulher muito decente.

— Dizem isso? O meu pai Maurice!

— Sim, o seu sogro.

— Isso é muito bom, mas ele também não a conhece.

— Pois bem, Germain, há de vê-la mais logo, e vai tomar muita atenção. Esperemos que não se engane.

— Olha, minha pequena, seria muito útil para mim que tu entrasses em casa por um momento, em vez de ires direta para os Ormeaux: tu és esperta e sempre tiveste juízo, e tomas atenção a tudo. Se tu vires alguma coisa que te dê que pensar, avisas-me muito discretamente.

— Não, Germain, não vou fazer isso! Tenho muito medo de me enganar; e, aliás, se uma palavra dita de forma ligeira o desencorajasse desse casamento, os seus pais ficariam zangados comigo, e eu já tenho bastante desgosto assim como estou, sem precisar de atrair outros para aquela pobre e querida senhora minha mãe.

Enquanto discutiam, a *Cinza* deu uma guinada, arrebitando as orelhas, depois voltou atrás e aproximou-se do arbusto onde alguma coisa que ela começava a reconhecer a tinha antes assustado. Germain espreitou o arbusto e viu na valeta, debaixo dos ramos espessos e ainda frescos de um carvalho desbastado, qualquer coisa que tomou por um cordeiro.

— É um animal tresmalhado — disse —, ou morto, uma vez que não se mexe. Talvez alguém o procure; é preciso ver isso!

— Não é um animal! — exclamou a pequena Marie. — É uma criança a dormir; é o seu Pierre-Pequenito.

— Essa agora! — disse Germain, descendo do cavalo. — Vejam-me só este malandreco a dormir aqui, tão longe de casa, e numa valeta, onde uma cobra qualquer poderia muito bem vir dar com ele!

Tomou o menino nos braços, que lhe sorriu ao abrir os olhos e lhe atirou os braços em torno do pescoço, dizendo: «Meu paizinho, vais levar-me contigo!»

— Ah, sim! Sempre a mesma cantiga! O que é que estavas ali a fazer, Pierre, seu velhaco?

— Estava à espera que o meu paizinho passasse — disse o menino. — Observava o caminho, e, de tanto observar, adormeci.

— E se eu passasse sem te ver, terias ficado toda a noite na rua, e vinha o lobo e comia-te!

— Oh, eu sabia bem que tu me encontrarias! — respondeu o Pierre-Pequenito, cheio de confiança.

— Pois bem, meu filho, agora dá-me um abraço, diz-me adeus e volta depressa para casa, se não queres que jantem sem ti.

— Então tu não queres levar-me contigo! — exclamou o pequeno, começando a esfregar os olhos para mostrar que tinha vontade de chorar.

— Sabes bem que os avós não querem — disse Germain, entrincheirando-se atrás da autoridade dos velhos, como um homem que não conta com a sua própria autoridade para nada.

Mas o menino não ouviu nada. Começou a chorar, dizendo que, já que o pai levava a pequena Marie, podia levá-lo a ele também. Retorquiram-lhe que seria preciso passar o grande bosque, que havia lá muitas feras más que comiam as criancinhas, que a *Cinza* não queria carregar três pessoas, que ela assim havia declarado ao partirem, e que, na terra para onde iam, não havia cama nem jantar para os garotos. Nenhuma destas excelentes razões persuadiu o Pierre-Pequenito: ele deitou-se sobre a erva, e ali se rebolou, gritando que o seu paizinho já não gostava dele e que, se o não levasse, ele não voltaria a casa nem de dia nem de noite.

Germain tinha um coração de pai tão terno e frágil como o de uma mulher. A morte da sua mulher, os cuidados que ele havia sido obrigado a ter, sozinho, para com os pequenos, e também o pensamento de que aquelas crianças sem mãe tinham muita necessidade de ser amadas, contribuíram para que ele ficasse assim, e, dentro de si, deu-se tão rude combate, tanto mais que corava da sua fraqueza, esforçando-se para esconder o seu desconforto da pequena Marie, que o suor lhe escorreu pelo rosto e os olhos se debruaram de vermelho, prestes a chorar também. Por fim, tentou zangar-se com ele; mas, ao voltar-se para a pequena Marie, como se a chamasse em testemunho da firmeza da sua alma, viu que o rosto da boa rapariga estava banhado em lágrimas, e, abandonado de toda a coragem, foi-lhe impossível reter as suas, ainda que continuasse a ralhar e a ameaçar.

— A sério, o Germain tem o coração muito duro — disse-lhe , por fim, a pequena Marie. — Quanto a mim, eu nunca conseguiria resistir desse modo a uma criança com tamanho desgosto. Vejamos, Germain: leve-o. A sua égua está bem habituada a carregar duas pessoas e uma criança; provam-no o seu cunhado e a mulher, mais pesada do que eu, que aos sábados vão ao mercado com o rapaz no dorso do belo animal. Vai levá-lo a cavalo à sua frente; além disso, eu prefiro ir sozinha a pé a fazer uma desfeita destas ao pequeno.

— Não seja por isso — respondeu Germain, que estava mortinho por se deixar convencer. — A *Cinza* é forte e ainda carregaria mais dois, se tivesse espaço no lombo. Mas o que faremos nós com o menino na estrada? Terá frio, terá fome... E quem vai tomar conta dele esta noite e amanhã para se deitar, para se lavar e para se vestir? Não me atrevo a dar esse incómodo a uma mulher que não conheço, e que, sem dúvida, me achará um abusado, logo para começar.

— De acordo com a amizade ou o aborrecimento que ela lhe mostrar, ficará desde logo a conhecê-la, Germain, acredite.

E, além disso, se ela rejeitar o seu Pierre, eu ocupo-me dele. Vou a casa dela vesti-lo e amanhã levo-o aos campos. Entretenho-o todo o dia e terei atenção a que não lhe falte nada.

— E ele vai aborrecer-te, filhinha! Vai incomodar-te! Um dia inteiro é muito tempo!

— Pelo contrário, é com muito gosto; assim tenho companhia, e ficarei menos triste no primeiro dia que tenho de passar numa terra nova. Posso imaginar que ainda estou na nossa.

A criança, vendo que Marie tomava o seu partido, agarrara-se à sua saia e prendia-a com tanta força que teria sido necessário magoá-la para a arrancar dali. Quando percebeu que o pai estava a ceder, tomou a mão de Marie nas suas mãozinhas bronzeadas pelo sol e abraçou-a, saltando de alegria e puxando-a para a égua, com aquela impaciência ardente que têm as crianças nos seus desejos.

— Vamos, vamos — disse a jovem rapariga, erguendo-o nos braços —, tratemos de acalmar esse pequenino coração que salta como um passarinho, e se sentires frio quando vier a noite, diz-me, meu Pierre, que eu protejo-te na minha capa. Abraça o teu paizinho e pede-lhe desculpa por teres sido velhaco. Diz que nunca mais voltará a acontecer! Nunca, ouviste?

— Sim, sim, na condição de que eu lhe faça sempre as vontades, não é? — disse Germain, enxugando os olhos do pequeno com um lenço. — Ah, Marie, vossemecê estraga-me esse maroto!... Mas és muito boa rapariga, minha pequena. Não sei porque é que não vieste trabalhar connosco como pastora no último São João. Terias tomado conta dos meus filhos, e eu preferia pagar-te uma boa maquia para cuidares deles do que ir procurar uma mulher que julgue, talvez, que me está a fazer um grande favor em não os detestar.

— Não pode ver as coisas assim, pelo lado mau — respondeu a pequena Marie, segurando a brida do cavalo, enquanto Germain sentava o filho na frente do largo selim guarnecido de pele de cabra. — Se a sua mulher não gostar das crianças, entro ao vosso serviço no próximo ano, e fique descansado que vou entretê-las tão bem que elas não se aperceberão de nada.

VII.

Na charneca

— Espera lá — disse Germain, depois de darem alguns passos —, e o que é que vão pensar lá em casa de não verem chegar este homenzinho? Os velhos vão ficar inquietos e hão de procurá-lo por todo o lado.

— Diga ao cantoneiro que trabalha lá à frente na estrada que o leva consigo, e recomende-lhe que avise a sua gente.

— É verdade, Marie, tu pensas em tudo; já eu nunca me lembraria de que o Jeannie devesse estar por ali.

— E calha bem, que ele mora mesmo ao pé da herdade, e não deixará de cumprir a comissão.

Depois de refletirem sobre essa precaução, Germain levou a égua a trote, enquanto o Pierre-Pequenito estava tão contente que nem se apercebeu de imediato de que não tinha almoçado; mas, com o movimento do cavalo a pressionar-lhe o estômago, ao cabo de uma légua, pôs-se a bocejar, começou a empalidecer e disse que estava a morrer de fome.

— Já começa — disse Germain. — Eu bem sabia que não iríamos longe sem que este senhor se queixasse de fome ou de sede.

— Também tenho sede! — disse o Pierre-Pequenito.

— Pois bem, então vamos entrar ali na estalagem da tia Rebec, a *Point du Jour*, em Corlay! Tem uma bela fachada, mas o alojamento é fraco! Vamos, Marie, também bebes um dedo de vinho.

— Não, não, eu não preciso de nada — disse ela. — Eu tomo conta da égua, enquanto o Germain entra com o pequeno.

— Mas estou cá a pensar, minha rica filha: esta manhã tu deste o pão do teu lanche ao meu Pierre, e estás em jejum; não quiseste almoçar connosco lá em casa, só choravas...

— Oh, eu não tinha fome, estava muito angustiada! E juro-lhe que, neste momento, também não tenho qualquer vontade de comer.

— Tens de te obrigar, pequena; senão ficas doente. Ainda temos muito que andar, e não podemos chegar lá como uns esfaimados a pedir pão antes de dizer bom dia. Eu próprio quero dar-te o exemplo; ainda que não tenha grande apetite, hei de conseguir comer, visto que, afinal, também não almocei. Via-vos a chorar, a ti e à tua mãe, e isso deixou-me um aperto no coração. Vamos, vou prender a *Cinza* à porta; desce, sou eu que mando.

Entraram os três na estalagem da Rebec, e, em menos de um quarto de hora, a mulher gorda e manca conseguiu servir-lhes uma omelete com bom aspeto, pão de centeio e um vinho clarete.

Os camponeses não comem depressa, e o pequeno Pierre tinha tanto apetite que uma boa hora se passou antes que Germain pudesse pensar em fazer-se de novo à estrada. A pequena Marie comeu, primeiro, por complacência, depois, pouco a pouco, a fome lá veio: pois aos 16 anos não se pode estar muito tempo de dieta, e os ares do campo são imperiosos. Os bons argumentos que Germain lhe propôs para a consolar e lhe dar coragem também produziram o seu efeito; ela fez um esforço para se convencer de que sete meses passariam depressa e para pensar na felicidade que sentiria ao regressar à sua família e ao monte, posto que o tio Maurice e Germain estavam de acordo na promessa de que entraria ao serviço na sua propriedade. Mas quando ela começava a alegrar-se e a brincar com o pequeno Pierre, Germain teve a infeliz ideia de a fazer olhar, pela janela da estalagem, para a bela vista do vale, que se vê inteiramente desta altura e que está tão risonho, tão verde e tão fértil! Marie olhou e perguntou se dava para ver dali as casas de Belair.

— Com certeza — disse Germain. — E a herdade, e mesmo a tua casa. Olha, aquele pequeno ponto cinzento, não muito longe do grande choupo de Godard, mais baixo do que o campanário.

— Ah, estou a vê-la! — disse a pequena. E logo começou a chorar outra vez.

— Foi um erro fazer-te pensar nisso — disse Germain. — Hoje só faço disparates! Vamos, Marie, vamos embora, minha filha; os dias são curtos, e dentro de uma hora, quando a lua subir, já não estará muito calor...

Fizeram-se de novo à estrada, atravessaram o grande balsedo, e como Germain não podia fazer a *Cinza* ir mais depressa, para não cansar a jovem e o menino com um trote vigoroso, já passava do sol-posto quando deixaram a estrada e entraram no bosque.

Germain conhecia o caminho até ao Magnier; mas pensava que seria mais curto se não tomasse a Avenida de Chanteloube e descesse antes por Presles e Sépulture, direção que não tinha o hábito de tomar quando ia à feira. Enganou-se e perdeu ainda um pouco de tempo antes de entrar no bosque; e mesmo assim não entrou pelo lado certo, e não se apercebeu, tanto que voltou costas a Fourche e foi dar muito além, para os lados de Ardentes.

O que o impediu então de se orientar foi um nevoeiro que crescia com a noite, um desses nevoeiros das noites de outono que a brancura do luar torna ainda mais vagos e traiçoeiros. As grandes poças de água dispersas pelas clareiras emanavam vapores tão densos que, quando a *Cinza* as atravessava, só se apercebiam delas pelo chapinhar dos cascos e pela dificuldade que ela tinha em puxá-los da vasa.

Foi quando encontraram finalmente uma bela álea, e bem direita, no fundo da qual Germain procurou saber onde estava, que ele se apercebeu de que estava perdido; pois o tio Maurice, ao explicar-lhe o caminho, dissera-lhe que à saída do bosque tinha de descer uma quebrada muito íngreme, atravessar uma imensa pradaria e passar duas vezes o rio a vau. Recomendara-lhe mesmo que entrasse naquele rio com precaução, porque no começo da estação houvera grandes chuvadas e a água podia estar um pouco alta. Não vendo nem descida, nem pradaria, nem rio, mas a charneca unida e branca como um lençol de neve, Germain deteve-se, procurou uma casa e esperou por um caminhante, mas não encontrou nada que pudesse informá-lo. Então, voltou atrás e entrou no bosque outra vez. Mas o nevoeiro adensou-se ainda mais, a lua estava completamente velada, os caminhos eram medonhos, os atoleiros profundos. Por duas vezes, a *Cinza* quase foi abaixo; carregada como estava, perdia a coragem, e se conservava algum discernimento para não chocar contra as árvores, não conseguia impedir que aqueles que a montavam tivessem de lidar com os grossos ramos que barravam o caminho à altura das suas cabeças e que os faziam correr sérios riscos. Germain perdeu o chapéu num desses encontros e só a custo o recuperou. O Pierre-Pequenito estava a dormir, e, deixando-se levar como uma saca, abraçava de tal modo o braço do pai que este já não conseguia segurar nem conduzir o cavalo.

— Acho que estamos embruxados — disse Germain, parando —, pois este bosque não é assim tão grande para que a gente se perca, a menos que se esteja bêbado, e há pelo menos duas horas que aqui estamos às voltas sem conseguir sair. A *Cinza* só tem uma ideia na cabeça, que é voltar para casa, e é ela que faz com que me engane. Se quisermos voltar, não temos mais do que deixá-la guiar-nos. Mas estando nós talvez a dois passos do lugar onde devemos dormir, era preciso estar doido para renunciar e recomeçar um percurso tão longo. No entanto, já não sei o que fazer. Não vejo céu nem terra, e temo que esta criança apanhe uma febre, se ficarmos neste maldito nevoeiro, ou que fique esmagada sob o nosso peso, se o cavalo acabar por ir abaixo mais adiante.

— Não podemos obstinar-nos mais — disse a pequena Marie. — Desçamos, Germain; dê-me o menino, posso muito bem levá-lo, e impedirei melhor do que o Germain que a capa se estrague e o deixe a descoberto. Conduza a égua pela brida, e, uma vez perto da terra, talvez vejamos com mais clareza.

Esta medida serviu apenas para preservá-los de uma queda de cavalo, pois o nevoeiro insinuava-se e parecia colar-se à terra húmida. A caminhada era penosa, e eles depressa ficaram tão exaustos que se detiveram ao encontrarem, por fim, um lugar seco abrigado por um carvalho imenso. A pequena Marie estava encharcada, mas não se queixava nem se apoquentava com nada. Ocupada apenas com o menino, sentou-se na terra e deitou-o no colo, enquanto Germain explorava os arredores, depois de ter passado as rédeas da *Cinza* pelo ramo de uma árvore.

Mas a *Cinza*, que se aborrecia muito com aquela viagem, agitou abruptamente os flancos e libertou as rédeas, rompeu a cilha e, largando, como quem se despede, uma meia dúzia de coices mais altos do que a própria cabeça, partiu através da mata, deixando bem patente que não precisava de ninguém para encontrar o seu caminho.

— Olha — disse Germain, depois de ter tentado em vão apanhá-la —, estamos apeados, e de nada nos serviria encontrar o caminho certo, pois teríamos de atravessar o rio a pé; e a julgar pelo modo como estas estradas estão cheias de água, podes ter a certeza de que a pradaria está no fundo do rio. Não conhecemos as outras passagens. Assim sendo, temos de esperar que este nevoeiro se dissipe; isto não pode durar mais de uma ou duas horas. Quando se vir com clareza, procuraremos uma casa, a primeira que aparecer na ourela do bosque; mas, de momento, não podemos sair daqui; está ali uma fossa, um pântano, ou não sei o quê à nossa frente; e atrás também não saberia dizer o que há, pois já nem sei por que lado aqui chegámos.

VIII.

Debaixo dos carvalhos

— Pois bem, tenhamos paciência, Germain! — disse a pequena Marie. — Não estamos mal neste outeirozinho. A chuva não penetra a copa destes carvalhos grandes, e podemos acender uma fogueira, pois estou a sentir uns cepos velhos que estão soltos e suficientemente secos para arderem. Tem lume, não tem, Germain? Estava a fumar cachimbo há pouco.

— Tinha! O meu isqueiro estava no selim, dentro da trouxa, com a caça que levava à minha futura mulher; mas a maldita égua levou tudo, até o meu casaco, que se vai perder e rasgar entre aqueles ramos todos.

— Não, Germain; o selinzinho, o casaco, a trouxa, está tudo aí no chão aos seus pés. A *Cinza* partiu a cilha e deixou cair tudo ao soltar-se.

— Meu Deus, é verdade! — disse o lavrador. — E se conseguirmos, assim às cegas, encontrar um pouco de madeira morta, poderemos secar-nos e aquecer-nos.

— Não é difícil — disse a pequena Marie —, a madeira morta estala por todo o lado debaixo dos pés; mas dê-me cá primeiro o selinzinho.

— O que é que queres fazer?

— Uma enxerga para o pequeno: não, assim não, é melhor do avesso; assim não camba para os lados; e ainda está quente do lombo do animal. Prenda-me lá isto de cada lado com essas pedras que aí estão!

— Eu cá não as vejo! Mas tu tens uns olhos de lince!

— Olhe! Está feito, Germain. Dê-me o seu casaco para embrulhar os pezinhos dele, e depois ponho a minha capa por cima do corpo. Veja! Diga lá se não está tão bem aconchegado como se estivesse na sua cama! Toque-lhe, veja como está quente!

— É verdade! Tu sabes cuidar de crianças, Marie!

— Não é nada do outro mundo. Mas agora procure o seu isqueiro na trouxa, que eu vou arranjar lenha.

— Esta lenha nunca vai pegar, está muito húmida.

— Mas o Germain duvida de tudo! Então não se lembra de ter sido zagal e de fazer grandes fogueiras nos campos, mesmo no meio da chuva?

— Sim, esse é o talento das crianças que guardam os animais; mas eu fui boiadeiro desde que aprendi a andar.

— E é por isso que é mais forte de braços do que hábil de mãos. A fogueira está feita, vai ver se ela não arde! Dê-me lume e um punhado de fetos secos. Está bom! Agora sopre; não é tísico, pois não?

— Que eu saiba, não — disse Germain, soprando como um fole de ferreiro. Ao cabo de um instante, a chama rebrilhou, deitou primeiro uma luz vermelha e acabou por se elevar em jorros azulados entre a folhagem dos carvalhos, lutando contra a bruma e secando pouco a pouco a atmosfera cerca de dez pés em redor.

— Agora vou sentar-me ao pé do pequeno para que não lhe caiam faúlhas no corpo — disse a jovem. — E o Germain meta lenha e anime o fogo! Não havemos de apanhar aqui nem febre nem constipação, isso lhe garanto.

— Palavra de honra, tu és uma moça esperta! — disse Germain. — Sabes fazer fogo como uma bruxinha da noite. Já me sinto mais animado e com mais coragem; pois estava de muito mau humor há bocado, com as pernas molhadas até aos joelhos e a ideia de ficar assim até ao despontar do dia.

— E, quando se está de mau humor, não dá para pensar em nada — retomou a pequena Marie.

— Então e tu, nunca ficas de mau humor?

— Claro que não! Nunca. Para quê?

— Oh, não é bom para nada, seguramente; mas o meio de nos impedirmos de ficar assim, quando os percalços acontecem...! No entanto, Deus sabe que tu já tiveste muitos, coitadinha: nem sempre tens sido feliz!

— É verdade, temos sofrido muito, a minha mãe e eu. Já tivemos desgostos, mas nunca perdemos a coragem.

— Eu não perderia a coragem para enfrentar qualquer trabalho que fosse — disse Germain. — Mas ficaria transtornado pela miséria, pois nunca tive falta de nada. A minha mulher fez-me rico, e ainda o sou; hei de continuar a sê-lo enquanto trabalhar na herdade: deve ser para sempre, espero eu; mas cada um tem de ter a sua mágoa! Eu sofri de outro modo.

— Sim, perdeu a sua mulher, e é pena.

— É, não é?

— Ah, eu bem a chorei, Germain, pode crer! Ela era tão boazinha! Olhe, não vamos falar mais sobre isso, senão ainda choro mais. Hoje, tenho todos os desgostos à flor da pele.

— É verdade que ela gostava muito de ti, minha pequena! Preocupava-se muito contigo e com a tua mãe. Vamos lá! Estás a chorar? Vá lá, minha filha, eu cá não quero chorar...

— Todavia, chora, Germain! Também está a chorar! Que vergonha haverá num homem que chora a sua mulher? Vá lá, não se incomode com isso! Vou a mais de meio caminho ao seu encontro nessa dor!

— Tens bom coração, Marie, e faz-me bem chorar contigo. Mas, agora, aproxima os pés do fogo; também tens as saias todas molhadas, coitadinha! Olha, vou eu para o teu lugar ao pé do pequeno, aquece-te como deve ser.

— Eu estou quente que baste — disse Marie. — Se o Germain quiser sentar-se, sente-se num canto do casaco. Eu estou bem.

— É certo que não se está mal aqui — disse Germain, sentando-se mesmo ao lado dela. — É só a fome que me atormenta um pouco. Já são nove da noite, e eu tive tanta dificuldade em andar naqueles caminhos ruins que me sinto em fraqueza. E tu, Marie, não tens fome?

— Eu? Nada disso. Não estou habituada, como o Germain, a fazer quatro refeições, e já fui tantas vezes para a cama sem jantar que mais uma não me chateia nada.

— Ora bem! Uma mulher como tu é muito prática; não faz despesa — disse Germain, sorrindo.

— Eu não sou uma mulher — disse Marie ingenuamente, sem se aperceber do rumo que as ideias do lavrador tomavam. — Está a sonhar?

— Sim, acho que estou — respondeu Germain. — É talvez a fome que me faz divagar!

— Como é guloso! — retomou ela, alegrando-se um pouco por sua vez. — Pois bem, já que não consegue viver cinco ou seis horas sem comer, não tem umas peças de caça nessa trouxa e fogo para as assar?

— Diacho! É uma boa ideia! Mas… E o presente para o meu futuro sogro?

— Tem aí seis perdizes e uma lebre! Eu acho que não precisa disso tudo para se saciar.

— Mas assar isto aqui, sem espeto nem trempe... Vai transformar-se tudo em carvão!

— Não — disse a pequena Marie. — Eu encarrego-me de as assar a coberto das cinzas, sem o sabor do fumo. Mas o Germain nunca apanhou cotovias nos campos para assar entre duas pedras? Ah, é verdade! Esqueci-me de que não foi zagal! Vejamos, depene essa perdiz! Com tanta força não! Assim arranca-lhe a pele.

— Podias muito bem depenar a outra, para me mostrares!

— Então quer comer duas? Mas que grande ogre! Vamos lá! Aqui estão elas depenadas; vou assá-las.

— Davas uma perfeita cantineira, minha pequena; só é pena não haver cantina, e que eu seja obrigado a beber a água deste charco.

— Queria vinho, não é verdade? E que tal um cafezinho também? Até parece que está na feira, à sombra das lonas! Chame o estalajadeiro: sai um licor para o hábil lavrador de Belair!

— Ah, sua velhaca! Estás a fazer pouco de mim? E vossemecê também não bebia um pouco de vinho, se o houvesse aqui?

— Eu? Bebi vinho esta noite, consigo na estalagem da Rebec, pela segunda vez na minha vida; mas, se se portar bem, vou dar-lhe uma garrafa quase cheia, e do bom!

— Como assim, Marie? Mas tu és realmente uma bruxa?

— Então o Germain não fez o disparate de pedir duas garrafas de vinho lá na estalagem da Rebec? Bebeu uma com o seu pequeno, e eu não bebi mais do que três gotas da que me pôs à frente. No entanto, pagou pelas duas sem tomar atenção.

— E então?

— E eu arrumei no cesto a que não se gastou, porque pensei que o Germain ou o seu pequeno teriam sede na estrada; e aqui está ela.

— Tu és a rapariga mais atinada que eu já conheci! Vejam só! E ela que chorava ao sair da albergaria; mas isso não a impediu de pensar mais nos outros do que em si mesma! Querida Marie, o homem que se casará contigo não será parvo.

— Assim espero, pois eu não gostaria de um parvo. Vamos, coma as suas perdizes, estão assadas mesmo no ponto; e à falta de pão, contente-se com castanhas.

— E onde diabo foste tu buscar as castanhas?

— Olhe, grande surpresa! Ao longo do caminho, colhi-as dos ramos ao passar e enchi os bolsos.

— E também estão assadas?

— Em que poderia estar eu a pensar se não me lembrasse de as pôr ao lume assim que o acendi? Isto é o que se faz sempre nos campos.

— Olha lá, pequena Marie, nós vamos jantar juntos! Quero beber à tua saúde e desejar-te um bom marido... Como tu própria o desejarias. Fala-me um pouco sobre isso!

— Não teria como, Germain, pois ainda não pensei nisso.

— Como não? Nada? Nunca? — perguntou Germain, começando a comer com um apetite de lavrador, mas cortando os melhores nacos para os oferecer à companheira, que recusou obstinadamente e se contentou com algumas castanhas. — Diz-me, minha pequena — retomou ele, vendo que ela não pensava em responder-lhe —, ainda não pensaste em casar-te? Mas já estás na idade disso!

— Talvez — disse ela —, mas sou demasiado pobre. É preciso ter pelo menos cem escudos para juntar os trapinhos, e eu tenho de trabalhar cinco ou seis anos para os juntar.

— Pobre rapariga! Gostava que o meu pai Maurice me desse cem escudos, para eu tos oferecer.

— Obrigadinha, Germain. E depois, o que diriam de mim?

— Que queres tu que digam? Todos sabem bem que sou velho e que não posso casar-me contigo. Então, não iriam supor que eu... que tu...

— Diga logo, lavrador! Olhe o seu filho, que está a acordar — disse a pequena Marie.

IX.

A Oração da noite

O Pierre-Pequenito erguera-se e olhava em redor com um ar pensativo.

— Ah, aquele não pode ouvir ninguém comer! — disse Germain. — O estrondo do canhão nunca o acordaria; mas quando remoemos os maxilares perto dele, abre logo os olhos.

— O Germain também devia ser assim quando tinha a idade dele — disse a pequena Marie com um sorriso matreiro. — Então, meu querido Pierre, estás à procura do dossel da tua cama? É feito de verdura, esta noite, meu menino; mas o teu pai não deixou de jantar. Queres jantar com ele? Eu não comi a tua parte; bem me parecia que virias reclamá-la!

— Marie, eu quero que tu comas! — exclamou o lavrador. — Eu já não como mais. Sou um alarve, um grosseiro: tu privas-te por nós, não é justo, e eu tenho vergonha. Olha, isto tira-me a fome; não quero que o meu filho jante, se tu não jantares.

— Deixe-nos em paz — respondeu a pequena Marie. — O Germain não tem a chave dos nossos apetites. O meu está fechado hoje, mas o do seu Pierre está aberto como o de um lobinho. Olhe, veja como ele ataca! Ah, há de ser um bom lavrador!

Com efeito, o Pierre-Pequenito depressa mostrou de quem era filho, e ainda mal acordado, não compreendendo nem onde estava nem como tinha chegado até ali, pôs-se a devorar tudo. Depois, quando já não tinha fome, num estado de excitação que é normal nas crianças quando deixam a rotina, ficou com mais energia, mais curiosidade e mais discernimento do que de costume. Quis que lhe explicassem onde estava, e quando soube que estava no meio de um bosque, teve um pouco de medo.

— Há feras más neste bosque? — perguntou ao pai.

— Não — respondeu o pai. — Aqui não há nada disso. Não tenhas medo.

— Então mentiste quando me disseste que, se eu fosse contigo para o grande bosque, os lobos me levariam?

— Já viram esta cabecinha? — disse Germain, embaraçado.

— Ele tem razão — retomou a pequena Marie. — O Germain disse-lhe isso; ele tem boa memória, lembra-se bem. Mas fica sabendo, meu pequenino, que o teu pai nunca mente. Nós passámos o grande bosque enquanto dormias e agora estamos no pequeno bosque, onde não há feras más.

— O pequeno bosque fica muito longe do grande?

— O suficiente; além disso, os lobos nunca saem do grande bosque. E depois, se algum chegasse até aqui, o teu pai matava-o.

— E tu também, minha Marie?

— E nós também. Tu não nos ajudavas, meu querido Pierre? Não tens medo, pois não? Batias-lhe com muita força!

— Sim, sim — disse o menino, orgulhoso, fazendo poses de herói. — Haveríamos de o matar!

— Não há ninguém como tu para falar às crianças — disse Germain à pequena Marie —, e para lhes pôr juízo na cabeça. É verdade que não há muito tempo tu própria eras uma criancinha, e lembras-te do que te dizia a tua mãe. Creio bem que quanto mais jovens somos, melhor nos entendemos com os que o são. Tenho muito medo de que uma mulher de 30 anos, que não sabe ainda o que é ser mãe, tenha dificuldade em balbuciar e conversar com os garotos.

— Porque não, Germain? Não sei por que razão tem tão má opinião no que toca a essa mulher; ainda há de voltar atrás nessa ideia!

— A mulher que vá para o diabo! — disse Germain. — Eu queria era voltar atrás para não ter de lá ir. Para que é que preciso de uma mulher que não conheço?

— Meu paizinho — disse a criança —, mas porque é que tu hoje estás sempre a falar da tua mulher se ela está morta?

— Ai, mas então tu não esqueceste a tua pobre e querida mãe?

— Não, porque a vi quando a meteram numa bonita caixa de madeira branca, e porque a minha avó me levou ao pé dela para a abraçar e dizer-lhe adeus! Ela estava completamente branca e muito fria, e todas as noites a minha tia me faz rezar a Deus Nosso Senhor para que ela vá aquecer-se com ele no Céu. Achas que ela já lá está?

— Espero que sim, meu filho; mas é preciso continuar a rezar, pois isso faz com que a tua mãe saiba que a amas.

— Vou dizer a minha prece — retomou o menino. — Não me lembrei de a dizer esta noite. Mas não consigo dizê-la sozinho; esqueço-me sempre de uma parte. Preciso que a minha Marie me ajude.

— Sim, meu querido, já te vou ajudar — disse a jovem. — Chega aqui, põe-te de joelhos ao pé de mim.

O menino ajoelhou-se na saia dela, juntou as mãozinhas e pôs-se a recitar a sua prece, primeiro com atenção e fervor, pois sabia muito bem o começo; depois com maior lentidão e hesitações e, por fim, repetindo palavra por palavra o que lhe ditava a pequena Marie, quando chegou à parte da oração que, vencido todas as noites pelo sono, nunca conseguira aprender até ao fim. Também desta vez o trabalho da atenção e a monotonia da sua própria cadência produziram o efeito acostumado, e ele já em esforço pronunciou as últimas sílabas, e, mesmo assim, só depois de fazer Marie repeti-las três vezes; a cabeça começou a pesar-lhe, e inclinou-se para o colo de Marie; as mãos relaxaram, separaram-se e tombaram abertas sobre os joelhos. À luz da fogueira improvisada, Germain viu o seu anjinho serenado sobre o peito da jovem, que, segurando-o nos braços e aquecendo os seus cabelos loiros com o seu puro bafejo, se deixava levar também num devaneio pio e rezava mentalmente pela alma de Catherine.

Germain ficou enternecido e procurou algo que pudesse dizer à pequena Marie para lhe exprimir o que ela lhe inspirava de estima e gratidão, mas não encontrou nada que conseguisse transmitir o seu pensamento. Aproximou-se dela para beijar o filho, que ela tinha ainda apertado contra o seio, e teve dificuldade em libertar os lábios da fronte do pequeno Pierre.

— Está a beijá-lo com muita força — disse Marie, empurrando suavemente a cabeça do lavrador. — Assim, vai acordá-lo. Deixe-me deitá-lo outra vez, que ele já partiu de novo para os sonhos do paraíso.

O menino deixou que o deitassem, mas ao estender-se sobre a pele de cabra do selim, perguntou se estava em cima da *Cinza*. Depois, abrindo os grandes olhos azuis e fixando-os nos ramos durante um minuto, pareceu sonhar acordado, ou ficar atordoado com uma ideia que havia penetrado a sua mente durante o dia, e que se formulava agora, ao aproximar do sono.

— Meu paizinho — disse ele —, se quiseres dar-me outra mãe, eu quero que seja a minha Marie.

E sem esperar resposta, fechou os olhos e adormeceu.

X.

Apesar do frio

A pequena Marie não pareceu ver nas estranhas palavras do menino senão uma prova de amizade. Envolveu-o com cuidado, reavivou o lume e, como o nevoeiro adormecido sobre o charco vizinho não parecia sequer estar perto de clarear, aconselhou Germain a acomodar-se junto da fogueira para dormir uma sesta.

— Estou a ver que isso não lhe vai custar muito — disse ela —, pois já não diz uma palavra e olha para as brasas como o seu pequeno fazia há pouco. Vamos, durma, eu tomo conta do menino e de si.

— Tu é que vais dormir — respondeu o lavrador —, e eu protejo-vos aos dois, pois nunca tive tão pouca vontade de dormir; tenho cinquenta ideias na cabeça.

— Cinquenta é muito — disse a mocinha em jeito de graça. — Há tanta gente que ficaria feliz se tivesse só uma!

— Pois bem, se não sou capaz de ter cinquenta, tenho pelo menos uma que não me larga há uma hora!

— E vou dizer-lhe qual é, tal como eram as que tinha antes.

— Pois bem, diz-me lá se adivinhas, Marie; diz-me tu mesma qual é, terei muito gosto!

— Há uma hora — retomou ela —, tinha a ideia de comer... E agora tem a ideia de dormir.

— Marie, eu sou só um boieiro, mas a verdade é que tu me tomas por um boi! Tu és velhaca, rapariga, e estou mesmo a ver que não queres conversar comigo. Por isso, dorme, que vale mais isso do que criticar um homem que não está nada contente.

— Se quiser conversar, conversemos — disse a menina, meio deitada junto da criança e apoiando a cabeça contra o selim. — O Germain não para de se atormentar, e isso não mostra muita coragem para um homem. Que não diria eu se não me defendesse o melhor que posso do meu próprio desgosto?

— Sim, sem dúvida, e é justamente isso o que me preocupa, minha pobre menina! Tu vais viver longe dos teus parentes e num sítio agreste de charnecas e pauis, onde apanharás as febres do outono, onde o gado lanífero não rende, o que desencoraja sempre uma pastora com boas intenções; enfim, vais estar no meio de estranhos que talvez não sejam bons para ti, que não sabem o que tu vales. Olha, isso dá-me tanta pena que nem sei o que dizer, e tenho vontade de te levar para a casa da tua mãe, em vez de ir até Fourche.

— Fala com muito boa vontade, mas sem razão, meu pobre Germain; não devemos ser cobardes para com os nossos amigos, e, em vez de me mostrar o lado mau da minha sorte, deveria mostrar-me o bom, como fazia enquanto lanchávamos na estalagem da Rebec.

— Que queres tu? Era assim que as coisas me pareciam naquele momento, e agora parece-me tudo diferente. Farias melhor se arranjasses um marido.

— Isso não é possível, Germain, já lhe disse; e como não é possível, eu não penso nisso.

— E se aparecesse algum? Se quisesses dizer-me como desejavas que ele fosse, talvez eu conseguisse imaginar alguém.

— Imaginar não é encontrar. Eu cá não imagino nada porque é inútil.

— Nunca te ocorreu a ideia de encontrar um marido rico?

— Com certeza que não, porque eu sou pobre como Job.

— Mas se ele estivesse confortável, não te causaria transtorno estares bem instalada, bem alimentada, bem vestida e numa família de gente prestável que te permitisse ajudar a tua mãe?

— Oh, para isso, sim! Ajudar a minha mãe é tudo o que desejo.

— E se o encontrasses, mesmo que o homem não estivesse já na sua primeira juventude, não te farias muito difícil?

— Ah! Desculpe, Germain. Essa seria a minha única exigência. Eu nunca quereria um velho!

— Um velho, com certeza que não; mas, por exemplo, um homem da minha idade?

— Da sua idade, para mim, é velho, Germain; eu preferia alguém da idade do Bastien, ainda que o Bastien não seja um homem tão bonito como o Germain.

— Tu preferias o Bastien porqueiro?! — disse Germain irritado. — Um rapaz que tem uns olhos como os das bestas que conduz?

— Pouco me ralam os olhos dele, à conta dos seus 18 anos.

Germain sentiu uns ciúmes horríveis.

— Pois — disse Germain —, estou a ver que te interessas pelo Bastien. É apenas uma ideia tonta!

— Sim, seria uma ideia tonta — respondeu a pequena Marie, rindo às gargalhadas —, e ele daria um marido tonto. Poderíamos enganá-lo em tudo o que quiséssemos. Por exemplo, no outro dia, apanhei um tomate na horta do senhor padre; disse-lhe que era uma bela maçã vermelha, e ele deu-lhe uma trinca, feito guloso. Se tivesse visto a carranca que ele fez! Meu Deus, como é saloio!

— Então, uma vez que só o gozas, não gostas dele?

— Isso não seria uma razão para não gostar. Mas não, não gosto dele: é um bruto com a irmãzinha, e é muito sujo.

— Pois bem. E não te sentes atraída por mais ninguém?

— Que diferença lhe faz, Germain?

— Não me faz diferença nenhuma, estou só a falar por falar. Estou a ver, filhinha, que já tens um galã na cabeça.

— Não, Germain, está enganado, ainda não tenho; talvez venha mais tarde. Mas como só me vou casar quando tiver amealhado um pouco, estou destinada a casar-me tarde e com um velho.

— Pois bem, arranja um velho já.

— Não! Quando eu já não for nova, tanto me faz; agora é diferente.

— Estou bem a ver que eu não te agrado, Marie, já ficou claro — disse Germain ressentido e sem pesar as palavras.

A pequena Marie não respondeu. Germain inclinou-se para ela, que, entretanto, já dormia; deixara-se cair vencida e como que fulminada pelo sono, como fazem as crianças que já dormem enquanto ainda balbuciam.

Germain ficou contente por ela não ter prestado atenção às suas últimas palavras; reconheceu que não eram muito sensatas, e virou-lhe as costas para se distrair e arejar as ideias.

Mas, por mais que tentasse, não conseguia nem adormecer nem pensar noutra coisa senão no que acabara de dizer. Volteou umas 20 vezes em redor do fogo, afastou-se, regressou; por fim, sentindo-se tão agitado como se tivesse engolido pólvora de canhão, encostou-se à árvore que abrigava as duas crianças e ficou a vê-las dormir.

— Não sei como nunca me tinha apercebido — disse —, mas esta pequena Marie é a menina mais bonita desta terra! Não tem muita cor, mas tem uma carinha fresca como uma rosa do campo! Que boca amorosa, e que narizinho mais querido! Não é alta para a idade, mas é bem feita como uma pequena codorniz e ágil como um piscozito! Não sei por que razão se faz tanto caso, entre nós, de uma grande e gorda mulher vermelhona... A minha era magra e pálida, mas agradava-me mais do que todas as outras... Esta é muito delicada, mas não se sai pior, e é bonita de se ver, como um chibarrinho branco! E depois tem um ar doce e honesto! Como se lê nos seus olhos o seu bom coração, mesmo quando os tem fechados para dormir! Quanto à força de espírito, tem-na mais do que tinha a minha querida Catherine, há que reconhecer, e ninguém se aborreceria com ela. É um espírito alegre, sensato, laborioso, apaixonado e divertido. Não vejo o que se poderia desejar de melhor.

— Mas que ganho eu em preocupar-me com tudo isso? —, retomou Germain, fazendo por olhar para o outro lado. — O meu sogro não quereria ouvir falar do assunto, e toda a família me trataria como um louco! Além disso, ela própria não me quereria, a coitadinha! Acha-me demasiado velho, ela já mo disse. Não está interessada; pouco lhe importa estar ainda na miséria e em dificuldades, usar roupas pobres e sofrer de fome durante dois ou três meses do ano, desde que venha a contentar o coração um dia e que possa dar-se a um marido que lhe agrade. Ela é que tem razão! Eu faria o mesmo no lugar dela. E mesmo que eu pudesse seguir a minha vontade, em vez de embarcar num casamento que não me diz nada, escolheria uma rapariga ao meu gosto.

Quanto mais Germain procurava raciocinar e acalmar-se, menos o conseguia. Andava uns 20 passos para lá, até se perder no nevoeiro; e depois, de repente, encontrava-se de joelhos à beira das duas crianças que dormiam. Uma vez, chegou mesmo a beijar o Pierre-Pequenito, que havia passado um braço em torno do pescoço de Marie, e enganou-se, tanto que Marie, sentindo um bafo quente como o fogo a correr-lhe sobre os lábios, acordou e olhou-o com um ar desorientado, não compreendendo absolutamente nada do que se estava a passar com ele.

— Não vos via, meus queridos filhos! — disse Germain, retirando-se muito depressa. — Por pouco não caí em cima de vocês e não vos magoei.

A pequena Marie teve a candura de acreditar e voltou a adormecer. Germain passou para o outro lado do fogo e jurou a Deus que não sairia dali até que ela acordasse. Cumpriu a sua palavra, mas não sem esforço. Acreditou que iria ficar louco.

Por fim, por volta da meia-noite, o nevoeiro dissipou-se e Germain pôde ver as estrelas a brilhar através das árvores. A lua também se libertou dos vapores que a cobriam e começou a semear diamantes pela espuma húmida. O tronco dos carvalhos permanecia numa majestosa obscuridade; mas, um pouco mais longe, os caules das bétulas pareciam uma fileira de fantasmas envolvidos em sudários. O fogo refletia-se no charco, e as rãs, que começavam a habituar-se, arriscavam alguns sons tímidos e agudos; os ramos angulosos das velhas árvores, eriçados de pálidos líquenes, estendiam-se e entrecruzavam-se como grandes braços descarnados sobre a cabeça dos nossos viajantes; era um lugar belo, mas tão deserto e triste que Germain, cansado de sofrer, se pôs a cantar e a atirar pedras à água para se arrancar ao enfado aterrador da solidão. Desejava também acordar a pequena Marie; e quando viu que ela se levantava e perscrutava o tempo, propôs-lhe que se fizessem de novo à estrada.

— Dentro de duas horas — disse ele —, o aproximar do dia tornará o ar tão frio que não conseguiremos aguentar mais, apesar da fogueira. Neste momento, podemos ver por onde andamos, e depressa havemos de encontrar uma casa que nos abrirá a porta, ou pelo menos algum celeiro onde possamos passar o resto da noite abrigados.

Marie não tinha opinião; e, ainda que tivesse muita vontade de dormir, dispôs-se a seguir Germain.

Este segurou o filho nos braços sem o acordar e quis que Marie se aproximasse dele para se esconder no seu casaco, já que ela não queria aceitar a capa enrolada em torno do pequeno Pierre.

Quando sentiu a jovem perto de si, Germain, que se tinha alegrado e distraído um instante, perdeu de novo a cabeça. Afastou-se duas ou três vezes bruscamente e deixou-a caminhar sozinha. Depois, ao ver que ela tinha dificuldade em segui-lo, esperava-a, puxando-a vivamente para si e pressionando-a com tanta força que ela ficou espantada, e até arreliada, sem se atrever a dizer o que quer que fosse.

Como não faziam ideia nenhuma da direção de que tinham partido, também não faziam ideia da que seguiam, tanto que subiram mais uma vez o bosque todo, encontraram-se novamente diante da charneca deserta, voltaram atrás e, depois de terem caminhado às voltas durante muito tempo, finalmente avistaram claridade através dos ramos.

— Bem! Eis uma casa — disse Germain —, e há pessoas já acordadas, porque o fogo está aceso. Já será assim tão tarde?

Mas não era uma casa: era a fogueira de campanha que eles tinham coberto ao partirem e que se havia reacendido com a brisa.

Tinham caminhado durante duas horas para voltarem ao ponto de partida.

XI.

Ao relento

— Pronto, eu desisto! — disse Germain, batendo o pé. — Rogaram-nos uma praga, isso é certo, e só sairemos daqui quando o dia alvorecer. Este lugar só pode estar endiabrado.

— Então, não se arrelie — disse Marie. — Tomemos uma decisão. Vamos fazer uma fogueira maior, o menino está tão bem tapado que não corre perigo, e não é por passarmos uma noite fora que vamos morrer. Onde é que escondeu o selinzinho, Germain? No meio do azevinho, seu taralhouco! Agora é muito fácil ir lá buscá-lo!

— Toma o menino, segura-o enquanto eu tiro a enxerga da moita; não quero que piques as mãos.

— Está feito, aqui está a enxerga. E uns arranhões não são golpes de sabre — retomou a moça valente.

Marie deitou novamente o pequeno Pierre, que estava a dormir tão bem desta vez que nem se apercebeu de nada nesta nova viagem.

Germain pôs tanta lenha na fogueira que toda a floresta resplandeceu em redor: mas a pequena Marie não aguentava mais, e, ainda que não se queixasse de nada, já não se segurava nas pernas. Estava pálida e batia os dentes de frio e de fraqueza. Germain tomou-a nos braços para a aquecer; e a inquietação, a compaixão e os movimentos de uma ternura irresistível apoderaram-se do seu coração e calaram-lhe os sentidos. Soltou-se-lhe a língua como que por milagre, e, uma vez perdida a vergonha:

— Marie — disse ele —, eu gosto de ti, mas estou muito infeliz por tu não gostares de mim. Se quisesses aceitar-me como marido, não haveria sogro nem parentes, nem vizinhos, nem conselhos que pudessem impedir-me de me dar a ti. Eu sei que tu farias os meus filhos felizes, que os ensinarias a respeitar a memória da mãe deles, e eu, sossegado na minha consciência, ficaria de peito consolado. Sempre tive amizade por ti, mas, neste momento, sinto-me tão apaixonado que, se tu me pedisses para te fazer mil vontades a vida toda, eu to juraria de pronto. Vê bem como te amo, e faz por esquecer a minha idade. Pensa que é uma ideia falsa que a gente tem quando acredita que um homem de 30 anos é velho. Aliás, eu só tenho 28! Uma jovem moça teme ser criticada se aceitar um homem que tem mais 10 ou 12 anos do que ela, porque não é o costume da terra; mas eu ouvi dizer que noutras terras não se dá qualquer atenção a isso e que, pelo contrário, até se prefere dar como sustento a uma jovem um homem arrazoado e de uma coragem bem experimentada, em vez de um mancebo que se possa perturbar e, de bom sujeito que se pensava ser, tornar-se uma peste. Além disso, os anos nem sempre fazem a idade. Isso depende da força e da saúde que se tem. Quando um homem está gasto pelo trabalho excessivo e pela miséria, ou pela má conduta, fica velho antes dos 25. Ao passo que eu... Mas tu não me escutas, Marie!

— Sim, Germain, eu estou a ouvir — respondeu a pequena Marie —, mas estou a pensar no que a minha mãe sempre me disse: é que dá pena ver uma mulher de 60 anos quando o marido tem 70 ou 75 e já não pode trabalhar para a alimentar.

Fica inválido, e é preciso que ela tome conta dele numa idade em que ela própria começaria a precisar muito de cuidados e descanso. Assim, acabam os dois miseráveis.

— Os pais têm razão em dizer isso, reconheço que sim, Marie — retomou Germain —, mas assim acabaríamos por sacrificar todo o tempo da juventude, que é o melhor, a prever o que será de nós numa idade em que já não serviremos para nada e em que é indiferente acabarmos de uma maneira ou de outra. Mas eu não corro o perigo de morrer de fome na velhice. Posso até amealhar alguma coisa, porque, vivendo com os meus sogros, trabalho muito e não gasto nada. Além disso, eu amar-te-ia tanto que isso me impediria de envelhecer. Diz-se que quando um homem é feliz, conserva-se, e eu, só por te amar, sinto mesmo que sou mais jovem do que o Bastien; pois ele não te ama, e é demasiado estúpido e demasiado infantil para perceber como tu és uma pessoa bonita e boa, e feita para ser procurada. Vamos, Marie, não me detestes, eu não sou um homem mau: fiz a minha Catherine feliz, e ela disse diante de Deus, no seu leito de morte, que de mim só tinha recebido alegrias, e recomendou-me que voltasse a casar-me. Parece que o espírito dela falou esta noite ao filho no momento em que ele adormecia. Não ouviste tu o que ele dizia? E como a sua boquinha tremia, enquanto os olhos fixavam no ar qualquer coisa que nós não podíamos ver?! Estava a ver a mãe, podes ter a certeza, e era ela que o fazia dizer que te queria a ti para a substituir.

— Germain — respondeu Marie, muito admirada e pensativa —, está a falar muito honestamente e tudo o que diz é verdade. Tenho a certeza de que faria bem em amá-lo, se isso não desagradasse aos seus parentes: mas o que é que quer que eu faça? O meu coração não me fala de si. Eu gosto muito de si, mas ainda que a sua idade não o faça feio, dá-me medo. Parece-me mais que o Germain é para mim algo como um tio ou um padrinho; que lhe devo respeito; mas que haveria momentos em que o Germain me trataria mais como uma filhinha do que como sua mulher e sua igual. Enfim, talvez os meus amigos gozassem comigo, e ainda que seja uma tolice dar atenção a isso, acho que ficaria envergonhada e um pouco triste no dia do meu casamento.

— Tudo isso são argumentos de criança — refutou Germain. — Falas tal qual uma criança, Marie!

— Pois bem, é o que eu sou, uma criança! — disse Marie. — E é por causa disso que eu temo um homem tão arrazoado. Está bem de ver que sou demasiado jovem para si, posto que já me repreende por falar sem razão! Não posso ter mais razão do que a minha idade me permite.

— Coitado de mim, meu Deus! Que tristeza a minha em ser tão desastrado e dizer tão mal aquilo que penso! — exclamou Germain. — Marie, você não me ama, aí é que está; acha-me demasiado simples e casmurro. Se me amasse um pouco, não veria tão claramente os meus defeitos. Mas você não me ama, pronto!

— Pois bem, não é culpa minha — respondeu ela, um pouco magoada por ele já não a tratar por tu. — Faço o que posso ao ouvi-lo, mas quanto mais tento, menos consigo meter na cabeça que devamos ser marido e mulher.

Germain não respondeu. Pôs a cabeça entre as duas mãos e foi impossível para a pequena Marie saber se chorava, se amuava ou se tinha adormecido. Ela ficou um pouco inquieta ao vê-lo tão soturno sem poder adivinhar o que lhe passava pela cabeça; mas não se atreveu a falar-lhe mais, e como estava demasiado admirada com o que acabava de acontecer para ter vontade de voltar a dormir, ficou à espera do dia com impaciência, cuidando sempre da pequena fogueira e olhando pelo menino, de que Germain parecia já não se lembrar.

No entanto, Germain não dormia; não refletia sobre a sua sorte e não fazia projetos de coragem, nem planos de sedução. Sofria, tinha uma montanha de agruras no coração. Teria desejado estar morto. Tudo lhe parecia correr-lhe mal, e, se pudesse chorar, não o teria feito pela metade. Mas havia um pouco de raiva contra si mesmo, misturada com a dor, e ele sufocava sem poder e sem querer queixar-se.

Quando o dia chegou e os barulhos do campo o anunciaram a Germain, ergueu o rosto das mãos e levantou-se. Viu que a pequena Marie também não tinha dormido, mas não conseguiu dizer-lhe nada para assinalar a sua solicitude. Estava completamente desencorajado. Escondeu de novo o selim da *Cinza* nos arbustos, passou a trouxa pelo ombro e, levando o filho pela mão:

— Agora, Marie — disse —, vamos tratar de levar a nossa viagem a bom porto. Queres que eu te conduza aos Ormeaux?

— Sairemos do bosque juntos — respondeu ela —, e quando soubermos onde estamos, cada um vai para seu lado.

Germain não respondeu. Estava magoado por a jovem não lhe pedir que a levasse até aos Ormeaux, e não se apercebia de que se oferecera para o fazer num tom que parecia provocar uma recusa.

Um lenhador que eles encontraram cerca de 200 passos adiante pô-los no caminho certo e disse-lhes que, depois de passarem a grande pradaria, só teriam de seguir os caminhos, um sempre a direito, o outro para a esquerda, para alcançaram os respetivos destinos, que, aliás, eram tão vizinhos que se viam distintamente as casas de Fourche a partir da quinta dos Ormeaux, e vice-versa.

Depois, tendo agradecido e ultrapassado o lenhador, este ainda os chamou para lhes perguntar se não tinham perdido um cavalo.

— Encontrei — disse-lhes — uma bonita égua cinzenta no pátio da minha casa, onde talvez o lobo a tenha obrigado a procurar refúgio. Os meus cães *cainharam noite dentro*, e, ao nascer do dia, encontrei a criatura cavalar[20] debaixo do alpendre; ainda lá está. Vamos até lá e, se a reconhecerdes, levai-a convosco.

Germain, tendo já dado antecipadamente uma descrição da *Cinza*, e convencido de que se tratava mesmo dela, fez-se ao caminho para ir buscar o selim. A pequena Marie ofereceu-se então para conduzir o seu filho aos Ormeaux, onde ele poderia ir buscá-lo assim que chegasse a Fourche.

— Ele está um bocadinho sujo, tendo em conta a noite que passámos — disse ela. — Vou limpar-lhe a roupa, lavar aquela linda focinheira, penteá-lo e, quando estiver bonito e arranjado, já o pode apresentar à sua nova família.

— E quem te disse que eu quero ir a Fourche? — respondeu Germain, visivelmente irritado. — Talvez já não vá!

— Sim, Germain, tem de ir, e vai — retomou a moça.

— Estás com muita pressa que me case com outra para te assegurares de que não te chateio mais?

— Então, Germain, não pense mais nisso; foi uma ideia que lhe ocorreu durante a noite, porque esta aventura ruim lhe tinha perturbado um pouco os humores. Mas agora é preciso que a razão venha novamente ao de cima; prometo-lhe esquecer o que me disse e nunca falar disso a ninguém.

— Oh, fala, se quiseres. Não tenho por hábito renegar a minha palavra. O que eu te disse era verdadeiro, honesto, e não hei de corar diante de ninguém.

— Pois, mas se a sua futura mulher soubesse que na hora em que estava prestes a aparecer-lhe ia a pensar noutra, isso não a deixaria muito convencida a aceitá-lo. Assim, preste atenção às palavras que lhe dirá agora; não me olhe assim diante dos outros, com esse ar muito singular. Pense no tio Maurice, que conta com a sua obediência e que ficaria bastante furioso comigo se eu o desviasse da sua vontade. Tenha um bom dia, Germain; eu levo o Pierre-Pequenito para o obrigar a ir a Fourche. É uma garantia que lhe exijo.

— Então e tu queres ir com ela? — perguntou o lavrador ao filho, vendo que ele se agarrava às mãos da pequena Marie e que a seguia resolutamente.

— Sim, pai — respondeu o menino, que tinha ouvido e compreendido à sua maneira o que acabavam de dizer sem reservas na sua frente. — Vou com a minha querida Marie, depois virás buscar-me quando te casares; mas eu quero que a Marie continue a ser a minha mãezinha.

— Estás bem a ver o que ele quer! — disse Germain para a moça. — Escuta, Pierre-Pequenito, é isso mesmo que eu desejo, que ela seja tua mãe e que fique sempre contigo; ela é que não quer. Trata de fazer com que ela te conceda o que a mim me recusa.

— Fica descansado, meu pai, vou fazê-la dizer que sim. A minha Marie faz sempre o que eu quero.

E o Pierre-Pequenito afastou-se com a jovem. Germain ficou só, mais triste, mais indeciso do que nunca.

XII.

A Leoa[21] da aldeia

Uma vez reparada a desordem da viagem nas suas roupas e no equipamento do cavalo, montado sobre a *Cinza*, depois de lhe terem indicado o caminho para Fourche, Germain pensou que já não havia como recuar e que era preciso esquecer aquela noite de agitações como um sonho perigoso.

Encontrou o tio Léonard na soleira da sua casa branca, sentado num bonito banco de madeira pintado de verde-espinafre. Havia cinco degraus de pedra dispostos em patamar, o que dava a entender que a casa tinha uma cave. O muro da horta e do canhameiral estava rebocado de areia e cal. Era uma bela habitação; não faltava muito para que fosse considerada uma casa de burgueses.

O futuro sogro veio ao encontro de Germain, e depois de lhe ter perguntado, durante cinco minutos, novidades de toda a família, acrescentou a frase destinada a questionar educadamente aqueles que encontramos sobre o objetivo da sua viagem: «Com que então, anda por aqui a passear?»

— Vim para falar consigo — respondeu o lavrador — e para lhe oferecer este presentinho de caça da parte do meu sogro, dizendo-lhe, também da sua parte, que o senhor deve saber com que intenções vim a sua casa.

— Ah, ah! — disse o tio Léonard, rindo-se e batendo na barriga arredondada. — Estou a ver, estou a entender, estou consigo! — E, piscando o olho, acrescentou: — Não será o único a fazer os seus cumprimentos, meu jovem. Já estão três ali em casa à espera, como você. Eu cá não mando ninguém embora, e não me caberia fazer uma desfeita ou dar razão a algum deles, pois são todos bons partidos. Porém, por causa do tio Maurice e da qualidade das terras que cultiva, eu preferia que fosse o Germain. Mas a minha filha é maior e senhora de si; há de agir conforme a sua ideia. Entre e dê-se a conhecer; espero que tire o número certo![22]

— Perdão, desculpe — respondeu Germain, muito surpreendido por se encontrar em supranumerário onde tinha contado estar sozinho. — Eu não sabia que a sua filha estava já provida de pretendentes, caso contrário não teria vindo disputá-la aos outros.

— Se pensou que, porque tardava em chegar — respondeu o tio Léonard, sem perder o bom humor —, a minha filha se encontraria desamparada, enganou-se redondamente, meu rapaz. A Catherine tem como atrair noivos, e o seu único transtorno será escolher um. Mas entre em casa, digo-lhe eu, e não perca a coragem. É uma mulher que vale a pena de ser disputada.

E empurrando Germain pelos ombros com uma rude bonomia: — Catherine, tens aqui mais um! — exclamou ao entrar em casa.

Esta maneira jovial, mas grosseira, de ser apresentado à viúva, na presença dos outros namorados, veio rematar a perturbação e o desagrado do lavrador. Sentiu-se enrascado, e ficou alguns instantes sem ousar erguer os olhos para a bela viúva e para a sua corte.

A viúva Guérin era bem feita e não lhe faltava frescura. Mas tinha uma expressão de rosto e uma indumentária que desagradaram desde logo a Germain. Tinha um ar atrevido e parecia cheia de si mesma, e a sua coifa enfeitada com três fiadas de renda, o avental de seda e o lenço de renda, em seda negra, tinham pouca relação com a sua ideia de uma viúva séria e bem-comportada.

Aquela vestidura rebuscada e as suas maneiras desinteressadas fizeram-na parecer-lhe velha e feia, ainda que não fosse nem uma coisa nem outra. Pensou que um penteado tão bonito e maneiras tão desenvoltas assentariam bem à idade e ao espírito vivaz da pequena Marie, mas que aquela viúva era dada a brincadeiras graves e ousadas, usando os seus bons trunfos sem discernimento.

Os três pretendentes estavam sentados a uma mesa carregada de vinhos e de carnes, que ali permaneciam para eles toda a manhã de domingo; pois o tio Léonard gostava de dar mostras da sua riqueza, e a viúva também não se importava de expor as suas belas louças e de fazer serão como uma terratenente. Germain, como pessoa simples e confiante que era, observou as coisas com suficiente atenção, e, enquanto brindavam, pela primeira vez na sua vida, manteve-se numa atitude defensiva. O tio Léonard obrigara-o a ocupar um lugar junto dos rivais, e, sentando-se ele próprio frente a frente com ele, tratava-o o melhor possível e ocupava-se dele com predileção. O presente de caça, apesar do rombo que Germain lhe fizera por sua conta, era ainda bastante copioso para produzir efeito. A viúva foi-lhe sensível, e os pretendentes olharam-no de través com desdém.

Germain sentia-se pouco confortável naquela companhia e não comia de boa vontade. O tio Léonard fez-lhe o remoque:

— Vê-se que está muito triste — disse ele —, e parece que amarrou o burro atrás desse copo. Não pode deixar que o amor lhe tire o apetite, pois um galã em jejum não consegue encontrar palavras tão bonitas como aquele que aclara as ideias com uma pinga de vinho.

Germain ficou aflito ao ver que o supunham já apaixonado, e os ares amaneirados da viúva, que baixou os olhos, sorrindo, como uma pessoa segura do que vale, deu-lhe vontade de protestar contra a sua pretensa derrota; mas receou parecer incivilizado, e sorriu, enchendo-se de paciência.

Os pretendentes da viúva pareceram-lhe três rústicos. Tinham de ser muito ricos para que ela admitisse as suas pretensões. Um tinha mais de 40 anos e era quase tão gordo como o tio Léonard; outro era vesgo e bebia tanto que ficara embrutecido; o terceiro era um jovem rapaz, e até era bem-parecido, mas como queria ser engraçado, dizia coisas tão insossas que dava pena. Porém, a viúva ria-se dele como se admirasse todas as suas tolices, e, nesse aspeto, não dava provas de bom gosto. Primeiro, Germain achou que o rapaz já a tivesse pelo beicinho; mas cedo se apercebeu de que ele próprio era encorajado de uma maneira particular e também que esperavam que se mostrasse mais desenvolto. Foi mais uma razão para se sentir e se mostrar mais frio e sério.

Chegou a hora da missa, e todos se levantaram da mesa para irem juntos. Era preciso ir até Mers, a uma boa meia légua dali, e Germain estava tão cansado que desejava muito ter tido tempo de dormir uma sesta antes; mas como não tinha por hábito faltar à missa, fez-se ao caminho com os outros.

Os caminhos estavam cheios de gente, e a viúva caminhava com um ar orgulhoso, escoltada pelos três pretendentes, dando o braço ora a um, ora a outro, emproada e de cabeça erguida. Ela bem desejara apresentar o quarto aos olhos dos passantes, mas Germain achou tão ridículo ser arrastado assim na companhia por um rabo de saia, à vista de toda a gente, que se manteve a uma distância razoável, conversando com o tio Léonard e procurando uma maneira de o distrair e de o ocupar o suficiente para que parecessem não fazer parte do grupo.

XIII.

O patrão

Quando chegaram à aldeia, a viúva parou e ficou à espera deles. Ela queria à viva força fazer a entrada com toda a sua gente, mas Germain, recusando-lhe essa satisfação, deixou o tio Léonard, abordou várias pessoas suas conhecidas e entrou na igreja por outra porta. A viúva ficou desgostosa.

Depois da missa, ela mostrou-se por toda a parte triunfante, no relvado onde se dançava, e abriu a dança com os seus três pretendentes, sucessivamente.

Germain observou-a, e achou que dançava bem, mas com afetação.

— Pois então — disse-lhe Léonard, com uma palmada no ombro —, não leva a minha filha a dançar? Você é demasiado tímido!

— Nunca mais dancei desde que perdi a minha mulher — respondeu o lavrador.

— Pois bem, posto que procura outra mulher, o luto acabou, tanto no coração como na roupa.

— Isso não é desculpa, tio Léonard; além disso, acho que sou demasiado velho, já não gosto de dançar.

— Ouça — retomou Léonard, puxando-o para um canto isolado —, ficou desgostoso ao entrar na minha casa e ver a praça já rodeada de sitiantes, e eu estou a ver que é muito orgulhoso; mas isso não é razoável, meu rapaz. A minha filha está habituada a ser cortejada, sobretudo desde que acabou o luto há dois anos, e não lhe compete a ela ir ter consigo.

— Há já dois anos que a sua filha está para se casar e ainda não tomou um partido? — perguntou Germain.

— Ela não quer apressar-se, e tem razão. Ainda que tenha aquele ar desembaraçado, e que lhe pareça não refletir muito, é uma mulher de muito bom senso e sabe muito bem o que faz.

— Não me parece — disse Germain ingenuamente —, pois tem três pretendentes atrás dela, e se soubesse o que quer, haveria pelo menos dois que ela acharia estarem a mais e a quem pediria que ficassem em casa.

— Então porquê? Não percebe nada disto, Germain. Ela não quer nada nem do velho, nem do vesgo, nem do jovem, tenho quase a certeza; mas se ela os mandasse embora, a gente ia pensar que queria ficar viúva, e já não viria outro.

— Ah, sim! Aqueles servem de engodo!

— É isso mesmo. Onde está o mal, se isso lhes convém?

— Cada um tem o seu gosto! — disse Germain.

— Estou a ver que não é o seu. Mas vejamos, podemos chegar a um acordo, supondo que seja você o preferido: podíamos arranjar mais espaço para si.

— Sim, supondo! E enquanto não sabemos isso, quanto tempo preciso de ficar de papo para o ar?

— Isso depende de si, acho eu, se souber falar e persuadir. Até agora, a minha filha tem compreendido muito bem que o melhor tempo da sua vida é este, enquanto se deixa cortejar, e não tem pressa em tornar-se serva de um homem quando pode ser ela a mandar em vários. Assim, enquanto o jogo lhe agradar, ela que se divirta; mas se você lhe agradar mais do que o jogo, este pode terminar. Só não pode deixar-se ir abaixo. Volte todos os domingos, leve-a a dançar, faça-a saber que ainda está na liça, e se se mostrar mais amável e mais esperto do que os outros, um belo dia lhe chegará a resposta, sem dúvida.

— Desculpe, tio Léonard, a sua filha tem o direito de agir como entender, e eu não tenho o direito de a culpar. No seu lugar, eu agiria de outra maneira; jogaria com mais franqueza e não faria perder tempo a homens que têm talvez algo melhor para fazer do que voltear em torno de uma mulher que faz pouco deles. Mas, enfim, se ela acha alguma diversão e felicidade nisso, isso não me diz respeito. Apenas tenho de lhe dizer uma coisa que estou um pouco embaraçado para lhe confessar desde esta manhã, visto que o senhor começou por se enganar a respeito das minhas intenções e não me deu tempo de lhe responder, tanto que acredita numa coisa que não é verdade. Saiba, pois, que eu não vim aqui com o propósito de pedir a sua filha em casamento, mas sim para lhe comprar uma parelha de bois que o senhor quer levar à feira na próxima semana e que o meu sogro acha que lhe pode dar jeito.

— Estou a perceber, Germain — respondeu Léonard muito tranquilamente. — Mudou de ideias ao ver a minha filha com os pretendentes. É como quiser. Parece que aquilo que atrai uns repele outros, e tem todo o direito de se retirar, visto que, de toda a maneira, ainda nem sequer falou. Se quiser mesmo comprar os meus bois, venha vê-los pastar; havemos de conversar e, façamos ou não esse negócio, virá almoçar connosco antes de abalar.

— Não quero que se incomode — retomou Germain —, deve ter muito que fazer por aqui; eu cá aborreço-me um pouco de ver dançar e não fazer nada. Vou ver os seus animais, e depois encontro-o em sua casa.

Posto isto, Germain esquivou-se e dirigiu-se aos prados, onde Léonard lhe tinha, com efeito, mostrado ao longe uma parte da sua manada. Era verdade que o tio Maurice estava para comprar uns animais, e Germain pensou que se lhe levasse uma bela parelha de bois a um preço em conta seria mais facilmente perdoado por ter falhado de livre vontade o objetivo da viagem.

Caminhou rápido e logo se encontrou a pouca distância dos Ormeaux. Sentiu então necessidade de ir abraçar o filho e até de ver a pequena Marie, ainda que tivesse perdido a esperança, e enxotado a ideia, de lhe dever a sua felicidade. Tudo o que acabava de ver e ouvir, aquela mulher fina e vaidosa, o pai, ao mesmo tempo manhoso e limitado, que encorajava a filha nos seus hábitos de soberba e deslealdade, aquele luxo das cidades, que lhe parecia uma infração à dignidade dos costumes do campo, o tempo perdido com palavras ocas e fúteis, aquele interior tão diferente do seu e, sobretudo, aquele enjoo profundo que o homem do campo experimenta quando sai da sua rotina laboriosa, tudo o que havia sofrido de aborrecimento e confusão durante algumas horas dava a Germain vontade de se encontrar com o filho e a pequena vizinha. Não se desse o caso de estar apaixonado por esta última, tê-la-ia procurado na mesma, para se distrair e repor os humores no seu estado acostumado.

Mas em vão procurou nas pradarias em redor; não encontrou nem a pequena Marie nem o pequeno Pierre: e, no entanto, era a hora em que os guardadores andam pelos campos. Havia um grande rebanho num *alqueive*; Germain perguntou a um rapaz, que o guardava, se eram os carneiros da herdade dos Ormeaux.

— Sim — disse o rapaz.

— E é você o pastor? São os rapazes que guardam o gado lanífero nas herdades cá do sítio?

— Não. Eu guardo-o hoje porque a pastora se foi embora: estava doente.

— Mas não há uma nova, que chegou esta manhã?

— Há, sim! Também já se foi embora.

— Como assim, embora? Não estava uma criança com ela?

— Sim, um rapazinho que estava a chorar. Partiram os dois ao fim de duas horas.

— Partiram para onde?

— Para o lugar de onde vinham, pelos vistos. Não lhes perguntei.

— Mas porque é que eles se foram embora? — perguntou Germain, cada vez mais ansioso.

—Como hei de saber?

— Não se entenderam com o preço? É que isso devia ser coisa assente de antemão.

— Nada lhe sei dizer. Vi-os entrar e sair, só isso.

Germain dirigiu-se à quinta e interrogou os caseiros. Ninguém soube explicar-lhe o sucedido; mas era consabido que, depois de ter conversado com o fazendeiro, a jovem partira sem dizer nada, levando o menino que chorava.

— Alguém maltratou o meu filho?! — exclamou Germain, cujos olhos se inflamaram.

— Então era seu filho? Porque estava ele com a pequena? Afinal, de onde vem vossemecê e como é que se chama?

Germain, vendo que, de acordo com os hábitos da terra, iam responder às suas questões com outras questões, bateu o pé com impaciência e pediu para falar com o patrão.

O patrão não estava, não tinha por hábito ficar o dia inteiro quando vinha à quinta. Tinha montado a cavalo e partido, não se sabendo para que outra das suas quintas.

— Mas, afinal — disse Germain, tomado de uma viva ansiedade —, não podeis saber a razão da partida dessa jovem?

O caseiro trocou um sorriso estranho com a mulher e depois respondeu que não fazia ideia, que isso não lhe dizia respeito. Tudo o que Germain conseguiu saber foi que a jovem e o menino tinham ido na direção de Fourche. Germain correu até Fourche: a viúva e os seus pretendentes ainda não tinham regressado, tal como o tio Léonard. A criada disse-lhe que uma jovem e um menino tinham vindo procurá-lo, mas que, como ela não os conhecia, não quis recebê-los, e aconselhou-os a irem a Mers.

— E porque é que se recusou a recebê-los? — perguntou Germain, visivelmente irritado. — Serão as pessoas assim tão desconfiadas nesta terra que nem abrem a porta ao seu semelhante?

— Ah, pois! — respondeu a criada. — Numa casa rica como esta, temos razão em montar bem a guarda. Sou eu que respondo por tudo quando os patrões estão ausentes, e não posso abrir a porta aos primeiros que aparecem.

— Pois esse é um costume feio — disse Germain —, e eu preferia antes ser pobre a viver assim, cheio de medo. Adeus, menina! Adeus à sua aldeia ruim!

Inquiriu nas casas vizinhas. Tinham visto a pastora e o menino. Como o pequeno havia partido de Belair de improviso, sem grandes atavios, só com uma blusa um pouco rasgada e a pelezinha de cordeiro aos ombros, e como a pequena Marie também andava sempre, com as suas razões, em roupas pobres, tomaram-nos por mendigos. Ofereceram-lhes pão; a jovem aceitara um bocado para o menino, que tinha fome, depois partira com ele muito depressa e fora dar ao bosque.

Germain ponderou um instante e depois perguntou se o fazendeiro dos Ormeaux não teria vindo a Fourche.

— Sim — responderam-lhe —, passou a cavalo pouco depois da pequena.

— Ia a correr atrás dela?

— Ah, então conhece-o? — disse o estalajadeiro do sítio, rindo-se, a quem Germain se dirigia. — Sim, com certeza; é um latagão endiabrado para correr atrás das moças. Mas não me parece que tenha apanhado aquela, ainda que, afinal, se a tem visto...

— Já chega, obrigado! — E voou mais do que correu até à estrebaria de Léonard. Deitou o selinzinho sobre a *Cinza*, saltou-lhe para cima e partiu a galopar na direção do bosque de Chanteloube.

Agitava-se-lhe o coração de inquietação e raiva, e o suor escorria-lhe da fronte. Desfez em sangue os flancos da *Cinza*, que, no entanto, estando no caminho da sua estrebaria, não se fazia rogada para correr.

XIV.

A Velha

Germain depressa deu com o local onde havia passado a noite, à beira do charco. A fogueira ainda fumegava; uma velha apanhava o resto da provisão de lenha seca que a pequena Marie amontoara. Germain parou para a interrogar. Ela era surda, e, entendendo mal as suas questões, disse:

— Sim, meu rapaz, é aqui o Charco do Diabo. É um lugar mau, e não se pode aproximar dele sem lhe atirar duas pedras lá para dentro com a mão esquerda, fazendo o sinal da cruz com a direita: é para afastar os espíritos. Senão, acontecem desgraças àqueles que andam por aqui.

— Não é disso que eu estou a falar — disse Germain, aproximando-se dela e gritando-lhe à queima-roupa:

— Não viu passar pelo bosque uma moça e um menino?

— Sim — disse a velha. — Um menino que se afogou ali!

Germain estremeceu da cabeça aos pés, mas, felizmente, a velha acrescentou:

— Isso foi já há muito tempo; em memória do acidente, colocou-se ali uma cruz muito bonita; mas, numa noite de forte tempestade, os maus espíritos atiraram-na à água. Ainda dá para ver uma ponta. Se alguém tivesse o infortúnio de parar aqui de noite, pode ter a certeza de que nunca conseguiria sair antes do começo de um novo dia. Bem poderia andar;

poderia fazer 200 léguas pelo bosque e vir dar sempre ao mesmo sítio.

Apesar de tudo, a imaginação do lavrador deixou-se impressionar com o que ouvia, e a ideia de um infortúnio que estava para acontecer, para justificar as asserções da velha, apoderou-se de tal modo da sua cabeça que sentiu um calafrio percorrer-lhe o corpo todo. Desesperando por obter outras informações, montou a cavalo e percorreu de novo o bosque chamando por Pierre com todas as forças e assobiando, fazendo estalar o chicote, partindo ramos para encher a floresta com o barulho da sua marcha, escutando depois se alguma voz lhe respondia; mas não ouvia senão o badalo das vacas espalhadas pela mata e o grito selvagem dos porcos que disputavam as bolotas.

Por fim, Germain ouviu atrás de si o barulho de um cavalo que ia na sua peugada, e um homem entre duas idades, moreno, robusto, vestido como um semiburguês, gritou-lhe que parasse. Germain nunca chegara a ver o fazendeiro dos Ormeaux; mas um instinto de raiva fê-lo supor de imediato que era ele. Virou-se e, medindo-o da cabeça aos pés, esperou para ouvir o que ele tinha para lhe dizer.

— Não viu passar por aqui uma rapariga de 15 ou 16 anos com um rapazinho? — perguntou o fazendeiro, revelando um ar de indiferença, ainda que estivesse visivelmente transtornado.

— E que lhe quer o senhor? — respondeu Germain, sem procurar disfarçar a fúria.

— Podia dizer-lhe que isso não lhe diz respeito, compadre! Mas como não tenho razões para o esconder, digo-lhe que era uma pastora que eu tinha contratado para este ano sem a conhecer. Quando a vi chegar, ela pareceu-me demasiado jovem e fraca para o trabalho na quinta. Agradeci-lhe, mas quis pagar-lhe a despesa da sua viagenzinha, e ela partiu zangada enquanto eu estava de costas. Ela vinha com tanta pressa que até se esqueceu de algumas coisas, e da bolsa, que não contém nada de especial, com certeza: alguns tostões, provavelmente! Mas como eu tinha de passar por aqui, pensei que pudesse encontrá-la e devolver-lhe o que ela se esqueceu e o que eu lhe devo.

Germain tinha uma alma demasiado honesta para hesitar ao ouvir esta história, que era, senão muito verosímil, ao menos possível. Fixou no fazendeiro um olhar perscrutador, e este suportou a investigação com muito descaramento ou com muita inocência.

Quero tirar tudo a limpo, disse Germain para consigo; e contendo a indignação:

— É uma rapariga da minha terra — disse. — Eu conheço-a; ela tem de estar por aqui... Avancemos juntos... Haveremos de a encontrar.

— Tem razão — disse o fazendeiro. — Avancemos... No entanto, se não a encontrarmos até ao fim da avenida, renuncio... Pois preciso de tomar o caminho de Ardentes.

Ah, pensou o lavrador, *eu é que já não te perco de vista! Nem que tenha de andar 24 horas contigo às voltinhas neste Charco do Diabo!*

— Espere! — disse Germain subitamente, com os olhos num tufo de giestas que se agitava de forma singular. — Eh lá! Eh lá! Pierre-Pequenito, és tu, meu filho?

O menino, reconhecendo a voz do pai, saiu das giestas de um salto, como um cabrito-montês, mas quando o viu na companhia do fazendeiro, estacou, como que assustado, e ficou indeciso.

— Vem, meu querido! Vem, sou eu! — exclamou o lavrador, correndo para ele e saltando do cavalo para o tomar nos seus braços. E onde está a pequena Marie?

— Está ali, escondida, porque tem medo desse homem escuro e ruim, e eu também.

— Eh! Fica descansado, eu estou aqui. Marie! Marie! Sou eu!

Marie aproximou-se rastejando, e assim que viu Germain, que o fazendeiro seguia de perto, correu e atirou-se para os seus braços. E, agarrando-se a ele como uma filha ao pai:

— Ah, meu bravo Germain — disse ela —, vai defender-me. Consigo eu já não tenho medo.

Germain teve um arrepio. Olhou para Marie: estava pálida, as suas roupas estavam rasgadas dos espinhos por onde se havia escapado, procurando a brenha como um bicho acossado pelos caçadores. Mas não havia nem vergonha nem desespero na sua figura.

— O teu patrão quer falar contigo — disse ele, sem deixar de observar as suas feições.

— O meu patrão? — disse ela, orgulhosamente. — Esse homem não é meu patrão e nunca será! O Germain é que é o meu patrão. Quero que me leve consigo! Trabalharei para si a troco de nada!

O fazendeiro tinha avançado, fingindo um pouco de impaciência.

— Ó pequena — disse —, esqueceu-se lá no monte de uma coisa que eu lhe trago aqui.

— Nem pensar, senhor — respondeu a pequena Marie —, não me esqueci de nada, e não tenho nada para lhe pedir.

— Ouça-me lá um pouco! — retomou o fazendeiro. — Eu tenho uma coisa para lhe dizer! Vamos! Não tenha medo. Só duas palavras.

— Pode dizê-las bem alto. Não tenho segredos consigo.

— Ao menos, venha buscar o seu dinheiro.

— O meu dinheiro? Não me deve nada, graças a Deus!

— Bem me parecia — disse Germain a meia-voz. — Mas tanto faz, Marie, ouve o que ele tem para te dizer, pois eu cá estou curioso para saber o que é. Depois contas-me, que eu tenho as minhas razões para isso. Vai até junto do cavalo dele. Eu não te perco de vista.

Marie deu três passos na direção do fazendeiro, que, inclinando-se sobre a maçaneta da sela e baixando a voz, lhe disse:

— Pequena, olha aqui um belo Luís de ouro para ti! Não vais dizer nada, ouviste? Eu digo que te achei demasiado fraca para o trabalho na quinta. E que não haja mais conversa sobre isto! Vou passar na vossa terra um dia destes, e se tu não tiveres dito nada, ainda te dou mais qualquer coisa. E, depois, se fores mais razoável, é só dizeres: levo-te para minha casa ou então vou conversar contigo ao cair da noite na pradaria. Que presente queres que te leve?

— Aqui está, senhor, o presente que eu lhe dou a si! — respondeu em voz alta a pequena Marie, atirando-lhe o seu Luís de ouro à cara com bastante rudeza. — Agradeço-lhe muito, e peço-lhe que me avise quando passar pela nossa terra. Todos os rapazes lá da comarca irão recebê-lo, porque nós gostamos muito dos burgueses que contam aldrabices às raparigas pobres! Vai ver, ficamos à sua espera.

— Você é uma mentirosa e uma linguaruda! — disse o fazendeiro enfurecido, erguendo o bastão em jeito de ameaça. — Quer fazer crer o que não aconteceu, mas não há de tirar-me dinheiro: já conheço as da sua laia!

Marie recuara, assustada, mas Germain precipitara-se sobre o cavalo do fazendeiro, e, segurando-lhe a brida e empurrando-o com força:

— Agora estamos entendidos! — disse. — Já se vê bem qual é o problema dele. Para baixo, homem! Para baixo! Vamos conversar os dois!

O fazendeiro não estava muito interessado em envolver-se na contenda. Esporeou o cavalo para se libertar e tentou bater com o bastão nas mãos do lavrador para o fazer largar a brida, mas Germain esquivou-se ao golpe e, agarrando-lhe a perna, destribou-o e fê-lo cair sobre os fetos, onde o fazendeiro se pôs logo de pé para se defender vigorosamente. Mas quando Germain, depois de o derrubar, se pôs em cima dele:

— Homem sem coração! — disse-lhe. — Podia encher-te de pancada se quisesse! Mas não gosto de fazer mal aos outros, e, além disso, nenhuma correção emendaria a tua consciência. Entretanto, não sais daqui enquanto não pedires desculpa, de joelhos, a esta rapariga.

O fazendeiro, que conhecia este tipo de situação, quis levar a coisa na brincadeira. Considerava que o seu pecado não era assim tão grave, posto que consistia apenas em palavras, e ele estava mesmo disposto a pedir desculpa, na condição de abraçar a moça e de irem beber um caneco de vinho à estalagem mais próxima, para ficarem bons amigos.

— Dás-me pena! — respondeu Germain, empurrando a face dele contra a terra. — E eu tenho pressa em ver-me livre dessa cara malvada. Olha, cora se conseguires, e vê se vais pelo caminho dos *desenvergonhados*[*] quando passares pela nossa terra.

---

[*] É o caminho que se desvia da rua principal à entrada das aldeias e que as contorna pelo exterior. Supõe-se que o tomem, para evitarem serem vistas, as pessoas que temem acatar uma vergonha merecida. [N. do A.]

Pegou no bastão de azevinho do fazendeiro, partiu-o em cima do joelho para lhe mostrar a força que trazia nos punhos e atirou os cacos para longe, com desprezo.

Depois, tomando o filho por uma mão e a pequena Marie pela outra, afastou-se, tremendo de indignação.[23]

XV.

De regresso à quinta

Ao cabo de um quarto de hora, tinham transposto os balsedos. Seguiam a trote pela estrada principal, e a *Cinza* relinchava a cada objeto que reconhecia. O Pierre-Pequenito contava ao pai o que conseguira compreender de tudo o que se tinha passado.

— Quando chegámos — disse —, aquele *homem acolá* veio falar com a *minha Marie* no curral, aonde tínhamos ido logo para ver aqueles lindos carneirinhos. Eu tinha subido até à manjedoura para brincar, e aquele *homem acolá* não me via. Então, ele disse bom-dia à minha Marie e beijou-a.

— Deixaste que ele te beijasse, Marie? — perguntou Germain, tremendo de fúria.

— Achei que fosse uma coisa honesta, um costume da terra para com os forasteiros, como lá na sua casa a avó beija as meninas que entram ao seu serviço, para que vejam que as adota e que será para elas como uma mãe.

— E depois — retomou o Pierre-Pequenito, que estava orgulhoso de ter uma aventura para contar — aquele *homem acolá* disse-te alguma coisa ruim, alguma coisa que tu me disseste para eu nunca repetir e para nem me lembrar, tanto que a esqueci bem depressa. No entanto, se o meu pai quiser que eu lhe diga o que foi…

— Não, meu filho, não quero ouvir, e quero que tu nunca mais te lembres disso.

— Nesse caso, vou esquecer outra vez — retomou o menino. — E depois aquele *homem acolá* ficou com um ar zangado porque a Marie lhe dizia que se ia embora. Ele disse-lhe que lhe dava tudo o que ela quisesse, 100 francos! E a minha Marie zangou-se também. Então, ele veio na direção dela, como se quisesse fazer-lhe mal. Eu tive medo e atirei-me nos braços da Marie a chorar. Então, aquele *homem acolá* disse assim: «Que vem a ser isto? De onde vem esta criança? Tirem-me isto daqui.» E ergueu o bastão para me bater. Mas a minha Marie impediu-o e disse-lhe assim: «Conversamos mais tarde, senhor; agora tenho de levar este menino a Fourche, e depois volto.» E assim que ele saiu do curral, a minha Marie disse-me: «Vamos fugir, meu Pierre, vamo-nos embora daqui bem depressa, pois aquele homem é mau e só nos faria mal.» Então, seguimos por trás dos celeiros, passámos um pequeno prado e fomos a Fourche procurar-te. Mas tu não estavas lá, e eles não quiseram deixar-nos esperar por ti. Então, aquele *homem acolá*, que se montou no cavalo preto, veio atrás de nós, e nós fugimos para mais longe, e depois fomos esconder-nos no bosque. E depois ele veio também, e quando nós o ouvíamos aproximar-se, escondíamo-nos. E depois, quando ele passava, começávamos a correr outra vez para nos irmos embora para casa; e depois, finalmente, vieste tu e encontraste-nos; e foi assim que tudo se passou. Não foi, Marie, não me esqueci de nada?

— Não, meu Pierre, e tudo isso é verdade. Agora, Germain, você é minha testemunha, e dirá a toda a gente na nossa terra que, se eu não pude ficar ali, não foi por falta de coragem ou vontade de trabalhar.

— E eu, Marie — disse Germain —, peço-te que te perguntes a ti mesma se, quando se trata de defender uma mulher e punir um insolente, um homem de 28 anos é demasiado velho! Até gostaria de saber se o Bastien, ou qualquer outro rapazola bonito, rico e com menos dez anos do que eu não teria sido esmagado por aquele *homem acolá*, como diz o Pierre-Pequenito. Que pensas tu disto?

— Eu penso, Germain, que me fez um grande favor, e que lhe estarei grata para o resto da vida.

— Isso é tudo!

— Meu paizinho — disse o menino —, nem me lembrei de dizer à minha Marie aquilo que te tinha prometido. Não tive tempo, mas hei de dizer lá em casa, e vou dizer também à minha avó.

Esta promessa do filho deu muito que pensar a Germain. Tratava-se agora de se explicar perante os pais e de, ao dizer-lhes as suas queixas da viúva Guérin, não lhes dizer que outras ideias o haviam disposto a tanta clarividência e severidade. Quando se é feliz e orgulhoso, a coragem em fazer com que os outros aceitem a sua felicidade parece fácil, mas ser rejeitado de um lado e culpado do outro não torna uma situação muito agradável.

Felizmente, o pequeno Pierre dormia quando chegaram à herdade, e Germain deitou-o, sem o acordar, na sua cama. Depois, deu todas as explicações que podia dar. O tio Maurice, sentado no escabelo de três pés, à entrada da casa, ouviu-o atentamente, e, ainda que estivesse descontente com o resultado da viagem, quando Germain lhe contou o aparato de finezas da viúva e perguntou ao sogro se tinha tempo de ir todos os fins de semana do ano fazer-lhe a corte, arriscando-se a vir recambiado no final, o sogro, inclinando a cabeça em sinal de adesão, respondeu:

— Não estás errado, Germain, não podia ser assim.

E a seguir, quando Germain contou de que maneira tinha sido obrigado a trazer Marie de volta o mais depressa possível para a livrar dos insultos, e talvez da violência de um patrão indigno, o tio Maurice aprovou outra vez com a cabeça, dizendo:

— Não estás errado, Germain, tinha de ser assim.

Quando Germain acabou o relato, depois de dar todas as suas razões, os sogros deixaram escapar em simultâneo um grande suspiro de resignação, olhando um para o outro. Depois, o chefe de família levantou-se e disse:

— Vamos! Que seja feita a vontade de Deus! A amizade não se ordena!

— Venha jantar, Germain — disse a sogra. — É pena que a coisa não se tenha dado. Mas, ao que parece, Deus não quis assim. Há que procurar noutra banda.

— Sim — acrescentou o velho. — Como diz a minha mulher, procuremos noutra banda.

Não se produziu outro ruído naquela casa, e, no dia seguinte, quando o pequeno Pierre se levantou com as cotovias, ao nascer do dia, como já não estava excitado pelos acontecimentos extraordinários dos dias anteriores, caiu na apatia dos pequenos camponeses da sua idade, esqueceu tudo o que lhe havia passado pela cabeça e não pensou em mais nada senão em brincar com os irmãos e *armar-se em homem* com os bois e os cavalos.

Germain tentou esquecer também, refugiando-se no trabalho, mas tornou-se tão triste e distraído que toda a gente reparava. Não falava à pequena Marie, nem sequer olhava para ela, e, no entanto, se lhe perguntassem em que prado andava ela e por que caminho havia passado, não havia hora do dia em que ele não soubesse dizê-lo, se quisesse responder. Não se atreveu a pedir aos pais que a recebessem na quinta durante o inverno, sabendo, contudo, que ela devia sofrer com a miséria. Mas ela não sofria, e a mãe Guillette nunca conseguiu compreender como é que a sua pequena provisão de lenha não diminuía e como é que o seu alpendre se encontrava cheio de manhã, sendo que ela o deixava quase vazio à noite. Acontecia o mesmo com o trigo e as batatas. Alguém passava pela lucarna do palheiro e esvaziava um saco sobre o tabuado sem acordar ninguém e sem deixar rasto. A velha ficava, ao mesmo tempo, inquieta e aliviada; fez a filha prometer que não falaria do assunto com ninguém, dizendo que, se viessem a saber do milagre que tinha lugar em sua casa, ainda a tomariam por bruxa. Pensava mesmo que era coisa do diabo, mas não tinha pressa em brigar com ele chamando o padre e os seus exorcismos lá a casa; dizia que haveria tempo, quando Satanás viesse pedir-lhe a alma em troca do obséquio.

A pequena Marie compreendia melhor a verdade, mas não se atrevia a falar disso com Germain, com medo de que este voltasse à sua ideia de casamento, e fingia, juntamente com ele, não se aperceber de nada.

XVI.

A tia Maurice

Um dia, a tia Maurice, encontrando-se no pomar a sós com Germain, num tom de amizade, disse-lhe:

— Meu pobre genro, acho que não anda bem. Não anda a comer tão bem como de costume, já não se ri, conversa cada vez menos. Será que alguém da sua casa, ou nós mesmos, sem o sabermos e sem o querermos, lhe causámos algum transtorno?

— Não, minha mãe — respondeu Germain. — A senhora tem sido sempre tão boa para mim como a mãe que me trouxe ao mundo, e eu seria um ingrato se me queixasse de si, do seu marido ou de alguém da casa.

— Nesse caso, meu filho, é o desgosto da morte da sua mulher que está a voltar. Em vez de desaparecer com o tempo, a sua dor piora, e é absolutamente necessário fazer o que o seu sogro lhe disse, e com muita razão: tem de voltar a casar-se.

— Sim, minha mãe, também é isso que penso, mas as mulheres que me aconselhastes a procurar não me convêm. Quando as vejo, em vez de esquecer a minha Catherine, ainda penso mais nela.

— É porque, aparentemente, Germain, nós não conseguimos adivinhar-lhe o gosto. Assim, tem de nos ajudar, dizendo-nos a verdade. De certeza que há algures uma mulher feita para si, pois Deus Nosso Senhor não faz uma pessoa sem lhe reservar a felicidade noutra pessoa. Então, se souber onde ir buscar essa mulher de que precisa, vá buscá-la; e seja ela bonita ou feia, jovem ou velha, rica ou pobre, estamos decididos, o meu velho e eu, a dar-lhe o consentimento; é que estamos cansados de o ver tão triste, e não podemos viver sossegados se o Germain também não estiver.

— Minha mãe, é tão boa para mim como Deus Nosso Senhor, e meu pai também — respondeu Germain. — Mas a vossa compaixão não pode trazer remédio para o meu sofrimento, pois a moça que eu queria não quer nada comigo.

— Será por ser demasiado jovem? Afeiçoar-se a uma jovem não é ajuizado da sua parte.

— Sim, minha mãe, cometi essa loucura de me afeiçoar a uma jovem, e culpo-me por isso. Faço os possíveis para não pensar mais nisso, mas esteja a trabalhar ou a descansar, esteja na missa ou na cama, com os meus filhos ou convosco, estou sempre a pensar nisso, não consigo pensar noutra coisa.

— Então é como um feitiço que lhe lançaram, Germain? Para isso só há um remédio: é que essa moça mude de ideias e o ouça. Assim, é preciso que eu me meta no assunto e que veja se é possível. Vai dizer-me onde ela está e como se chama.

— Ai, minha mãe! Não me atrevo — disse Germain —, porque vai fazer pouco de mim.

— Não vou fazer pouco de si, Germain, porque está a sofrer, e eu não quero que sofra mais. Não será a Fanchette?

— Não, minha mãe, nada disso.

— Ou a Rosette?

— Não.

— Então, diga logo, ou não saímos daqui, se for preciso nomear todas as moças da comarca.

Germain baixou a cabeça e não se decidia a responder.

— Va lá! — disse a tia Maurice. — Eu deixo-o sossegado por hoje, Germain. Pode ser que amanhã se sinta mais confiante comigo ou que a sua cunhada seja mais habilidosa a interrogá-lo.

E agarrou no alguidar para ir estender a roupa por cima dos arbustos.

Germain fez como as crianças que se decidem quando veem que já ninguém se interessa por elas. Seguiu a sogra e, tremendo, indicou-lhe finalmente a *pequena Marie da Guillette*.

Grande foi a surpresa da tia Maurice, pois era a última de quem se lembraria. Mas teve a delicadeza de não mostrar admiração e de fazer mentalmente os seus comentários. Depois, vendo que o seu silêncio martirizava Germain, estendeu-lhe o alguidar, dizendo:

— Então e isso é razão para não me ajudar no meu trabalho? Traga lá essa roupa e venha falar comigo. Pensou bem nisso, Germain? Está mesmo decidido?

— Ai, minha querida mãe! O problema não é esse. Eu estaria decidido, se pudesse ter algum sucesso. Mas como sei que ela não me vai ouvir, só posso estar decidido a curar-me, se conseguir.

— E se não conseguir?

— Tudo tem o seu termo, minha mãe: quando o cavalo está demasiado carregado, cai; e quando o boi não tem o que comer, morre.

— Isso quer dizer que vai morrer, se não for bem-sucedido? Não o queira Deus! Não gosto que um homem como o Germain diga essas coisas, porque, quando as diz, também as pensa. É homem de grande coragem, Germain, e a fraqueza é perigosa nas pessoas fortes. Vamos, tenha esperança. Não consigo conceber que uma moça na miséria, e a quem você faz muita honra ao procurá-la, possa rejeitá-lo.

— Pois é a verdade. Ela rejeita-me.

— E que razões lhe dá para isso?

— Que vós a tendes sempre ajudado muito, que a família dela deve muito à vossa e que não quer desapontar-vos ao desviar-me de um casamento rico.

— Se ela diz isso é porque tem bons sentimentos, e é honesto da sua parte. Mas ao dizer-lhe isso, Germain, não estará assim a curá-lo, porque lhe diz que o ama e que se casaria consigo se nós quiséssemos?

— Isso é que é o pior, pois ela diz que o seu coração não está para aí virado!

— Se ela diz o que não pensa para assim o afastar dela, é uma criança que merece que a amemos e que passemos por cima da sua juventude por causa da muita razão que tem.

— A sério? — disse Germain, invadido por uma esperança que ainda não tinha concebido. — Isso seria muito atinado e muito *como deve ser* da sua parte! Mas se ela é assim tão sensata, temo bem que seja só por eu não lhe agradar.

— Germain — disse a tia Maurice —, vai prometer-me que fica sossegado durante toda a semana e que não se transtorna, que come, que dorme e que volta a ficar espevitado como dantes. Eu vou falar com o meu velho, e se o fizer consentir, há de descobrir então o verdadeiro sentimento da moça a seu respeito.

Germain prometeu, e a semana passou sem que o tio Maurice lhe dissesse uma palavra em particular e sem que parecesse desconfiar de alguma coisa. O lavrador esforçou-se por parecer tranquilo, mas continuava cada vez mais pálido e mais transtornado.

XVII.

A pequena Marie

No domingo de manhã, ao sair da missa, a sogra perguntou a Germain o que tinha ele obtido, desde a conversa entre ambos no pomar, da sua boa amiga.

— Ora, nada de nada — respondeu. — Não falei com ela.

— Então como há de querer persuadi-la, se não falar com ela?

— Só falei com ela uma vez — respondeu Germain. — Foi quando estivemos juntos em Fourche. E, a partir daí, nunca mais lhe dirigi uma palavra. A sua rejeição angustiou-me tanto que eu prefiro não a ouvir começar outra vez a dizer que não me ama.

— Pois bem, meu filho, é preciso falar com ela agora. O seu sogro autoriza-o a fazê-lo. Vá, decida-se! Sou eu que lho digo, e, se for preciso, sou eu que mando! Pois nessa dúvida é que não pode ficar.

Germain obedeceu. Chegou a casa da Guillette de cabeça baixa e com um ar acabrunhado. A pequena Marie estava só, num canto junto ao lume, tão pensativa que não o ouviu chegar. Quando o viu à sua frente, saltou de surpresa na cadeira e ficou muito corada.

— Pequena Marie — disse-lhe, sentando-se ao pé dela —, venho causar-te transtorno e aborrecer-te, bem sei, mas *o homem e a mulher lá de casa* (designando assim, como se costuma, os chefes de família) querem que eu te fale e que te peça em casamento. Tu não queres, já estou a contar com isso.

— Germain — respondeu a pequena Marie —, então está mesmo decidido que me ama?

— Isso chateia-te, eu sei, mas não é culpa minha. Se pudesses mudar de ideias, eu ficaria muito feliz, e talvez eu não mereça que seja assim. Olha para mim, Marie. Sou assim tão medonho?

— Não, Germain — respondeu ela, sorrindo. — É mais bonito do que eu.

— Não faças pouco de mim. Olha-me com indulgência, pois ainda não me falta um único cabelo nem um dente! Os meus olhos dizem que te amo. Pois olha-me nos olhos, está lá escrito, e todas as raparigas sabem ler essa escrita.

Marie olhou Germain nos olhos com uma confiança desenvolta. Depois, de repente, desviou o rosto e começou a tremer.

— Ah, meu Deus! Faço-te medo! — disse Germain. — Olhas-me como se fosse o fazendeiro dos Ormeaux. Não tenhas medo de mim, por favor, isso magoa-me tanto. Eu cá não te direi palavras más, não te beijarei contra a tua vontade, e quando quiseres que eu me vá embora, só tens de me mostrar a porta. Vá lá, tenho de sair para que pares de tremer?

Marie estendeu a mão ao lavrador sem desviar a cabeça, inclinada para a lareira, e sem dizer uma palavra.

— Eu compreendo — disse Germain —, tens dó de mim porque és boazinha. Ficas aborrecida por me fazeres infeliz, mas, ainda assim, não me consegues amar?

— Porque me diz essas coisas, Germain? — respondeu, por fim, a pequena Marie. — Quer fazer-me chorar?

— Pobre mocinha, tu tens bom coração, eu sei. Mas não me amas, e estás a esconder a cara porque não queres deixar-me ver o teu desagrado e a tua repugnância. E eu... Eu não ouso sequer apertar a tua mão! Lá no bosque, enquanto o meu filho dormia, e tu dormias também, quase te beijei, muito devagarinho. Mas mais depressa teria morrido de vergonha do que te pediria um beijo, e sofri tanto naquela noite como um homem que fervesse em lume brando. Desde esse momento, tenho sonhado contigo todas as noites. Ah! Como te beijava, Marie! Mas tu, durante todo esse tempo, dormias sem sonhar. E, neste momento, sabes o que eu penso? Que se tu te voltasses para me olhares com os mesmos olhos que eu tenho para ti, e se aproximasses o teu rosto do meu, acho que cairia morto de felicidade. Mas tu pensas que, se tal coisa te acontecesse, morrerias de raiva e de vergonha.

Germain falava como num sonho, sem entender o que dizia. A pequena Marie continuava a tremer, mas como ele tremia ainda mais, já nem se dava conta. De repente, ela voltou-se. Estava banhada em lágrimas e olhou-o com um ar de desaprovação. O pobre lavrador pensou que era o derradeiro golpe, e, sem esperar pela sentença, levantou-se para partir, mas a jovem, rodeando-o com os dois braços e escondendo a cara no seu peito:

— Oh, Germain! — disse, soluçando. — Então não adivinhou já que o amo?

Germain teria ficado louco, se o filho, que o procurava, e que entrou pela choupana a galope de um pau, com a irmãzinha à garupa chicoteando com um feixe de vime o corcel imaginário, não o tivesse chamado a si. Germain ergueu-o nos braços, e passando-o para os da sua noiva:

— Toma — disse ele. — Amando-me, fazes mais do que uma pessoa feliz!

Apêndice[24]

I.

As bodas no campo

Aqui termina a história do casamento de Germain, tal como ele próprio ma contou, esse hábil lavrador! Peço-te desculpa, leitor amigo, de não ter sabido traduzi-la melhor, pois é de uma verdadeira tradução que precisa a linguagem antiga e ingénua dos camponeses desta comarca que *eu canto* (como se dizia outrora). Esta gente fala demasiado francês para nós, e, desde Montaigne e Rabelais, os progressos da língua fizeram-nos perder muitas das velhas preciosidades. É assim com todos os progressos: é preciso tomar uma decisão. Mas é ainda um prazer ouvir aqueles idiotismos pitorescos que reinam sobre o velho território do centro de França; tanto que é essa a verdadeira expressão do carácter pacatamente galhofeiro e alegremente facundo das pessoas que se servem deles. A região de Touraine conservou um certo número, e precioso, de locuções patriarcais. Mas Touraine civilizou-se em larga medida desde o Renascimento. Está coberta de castelos, de estradas, de estrangeiros e de movimento. O Berry ficou estagnado, e creio que, depois da Bretanha e de algumas províncias da França mais meridional, é a terra mais bem *conservada* que se possa encontrar a esta hora. Certos costumes são tão estranhos, tão curiosos, que eu espero divertir-te ainda um instante, caro leitor, se permitires que te conte em detalhe como são as bodas no campo — a de Germain, por exemplo —, às quais tive o prazer de assistir há alguns anos.

Pois, infelizmente, tudo tem o seu termo. Desde que existo, já se deu mais movimento às ideias e aos costumes da minha aldeia do que se tinha visto durante séculos antes da Revolução. Contudo, metade das cerimónias celtas, pagãs ou da Idade Média que eu vi ainda em pleno vigor na minha infância já se apagou. Mais um ou dois anos, talvez, e os caminhos de ferro cruzarão as suas passagens de nível nos nossos vales profundos, levando consigo, à velocidade do relâmpago, as nossas antigas tradições e lendas maravilhosas.

Foi no inverno, perto do Entrudo, época do ano em que é conveniente e adequado celebrar as bodas na nossa terra. No verão, não há tempo nenhum, e os trabalhos de uma quinta não podem sofrer um atraso de três dias, já para não falar dos dias complementares afetos à digestão mais ou menos laboriosa da bebedeira, moral e física, que resulta de uma festa. Eu estava sentado debaixo do largo pano de uma antiga chaminé de cozinha quando os tiros de pistola, os uivos dos cães e os sons agudos da gaita de foles me anunciaram o aproximar dos noivos. Logo os tios Maurice, Germain e a pequena Marie, seguidos de Jacques e sua mulher, dos principais e respetivos parentes, e dos padrinhos e madrinhas dos noivos, fizeram a sua entrada no pátio.

A pequena Marie, que ainda não tinha recebido os presentes de casamento, chamados *entregas*, vestia do que tinha de melhor entre os seus trajes modestos: um vestido de pano grosso e escuro, um lenço branco com grandes ramagens de cores vibrantes, um avental de *encarnado*, chita vermelha muito na moda naquela época, embora hoje já desdenhada, e uma touca de musselina muito branca, naquela forma, felizmente conservada, que lembra o toucado de Anne Boleyn e de Agnès Sorel[25]. Estava fresca e sorridente, nem um bocadinho envaidecida, ainda que tivesse boas razões para isso. Germain estava sério e enternecido junto dela, como o jovem Jacob saudando Raquel junto ao poço de Labão.[26] Qualquer outra moça teria tomado ares de importância e uma pose de triunfo, pois, em todas as classes, não é todos os dias que se é levada ao altar por causa dos seus lindos olhos. Mas os olhos da rapariga estavam húmidos e brilhantes de amor; via-se bem que ela estava profundamente enamorada e que não tinha sequer vagar para se ocupar da opinião dos outros. O seu arzinho resoluto não a tinha abandonado, manifestando-se em franqueza e bem-querer; nada de impertinente no sentimento da sua força. Nunca eu vira noiva tão gentil como ela quando respondia com naturalidade às amiguinhas que lhe perguntavam se estava contente:

— Pois claro! Não me queixo da vontade de Deus.

O tio Maurice tomou a palavra; vinha fazer os cumprimentos e convites da praxe. Primeiro, prendeu no pano da chaminé um ramo de loureiro adornado de fitas; a isto se chama a *convocatória*[27], isto é, a carta de participação; depois, distribuiu por cada um dos convidados uma pequena cruz feita com um pedaço de fita azul atravessado por outro pedaço de fita cor-de-rosa; o cor-de-rosa era da noiva, e o azul, do noivo; e os convidados dos dois sexos tinham de guardar aquele sinal, uns para adornar a sua coifa, outros para adornar a lapela no dia da boda. É a carta de admissão, o bilhete de entrada.

Então, o tio Maurice pronunciou os seus cumprimentos. Convidava o chefe da casa e toda a *sua companhia*, isto é, todos os filhos, parentes e amigos e criados, para a bênção, *o festim, a divertição, a danceta e tudo o mais que se seguiria.* Não deixou de dizer: «Venho *fazer-vos a honra de vos intimar.*» Locução muito justa (ainda que nos pareça um contrassenso), posto que exprime a ideia de prestar honras àqueles que achamos dignos delas.

Apesar da liberalidade do convite, levado assim de casa em casa em toda a paróquia, a boa educação, assaz discreta entre os camponeses, manda que apenas duas pessoas de cada família o recebam, um chefe de família por cada casa e um dos filhos por cada família.

Feitos os convites, os noivos e os pais foram almoçar juntos à herdade.

A pequena Marie levou os seus três carneiros ao compáscuo, e Germain trabalhou a terra como se nada se passasse.

Na véspera do dia marcado para o casamento, pelas duas horas da tarde, a música chegou, isto é, chegaram o *gaiteiro* e o *sanfoneiro*, com os seus instrumentos adornados de longas fitas flutuantes, tocando uma marcha de circunstância, num ritmo um pouco lento para pés que não fossem indígenas, mas perfeitamente combinado com a natureza do terreno pastoso e dos caminhos ondulados desta comarca. Os tiros de pistola, disparados por jovens e crianças, anunciaram o começo da boda. As pessoas reuniram-se pouco a pouco, e dançaram no relvado diante da casa para se ambientarem ao ritmo. Quando veio a noite, começaram uns estranhos preparativos: as pessoas dividiram-se em dois bandos, e, quando a noite se cerrou, procedeu-se à cerimónia das *entregas.*

Isto passou-se na residência da noiva, a choupana da Guillette. A Guillette levou consigo a filha, mais uma dúzia de jovens e lindas *zagalas*, amigas e parentes da filha, e duas ou três respeitáveis matronas, vizinhas de língua afiada, prontas para a réplica, e rígidas guardiãs dos antigos costumes. Depois, escolheu uma dúzia de campeões vigorosos de entre os seus parentes e amigos; por fim, selecionou o velho *canhameiro* da paróquia, homem facundo e bom palrador como nenhum outro.

O papel que na Bretanha é desempenhado pelo *bazvalan*, o alfaiate da aldeia, é ocupado pelo trilhador de cânhamo ou pelo cardador de lã (duas profissões muitas vezes reunidas numa só) nos nossos campos. É apto para todas as solenidades, tristes ou alegres, porque ele é essencialmente um erudito e um espirituoso, e, nestas ocasiões, tem sempre o cuidado de usar da palavra para cumprir condignamente certas formalidades, em uso desde tempos imemoriais. As profissões errantes, que introduzem o homem no seio de outras famílias sem lhe permitirem que se concentre na sua, são propensas a fazer dele um tagarela, um folgazão, cantor e contador.

O trilhador de cânhamo é particularmente cético. Ele e outro funcionário rústico, o coveiro, de que falaremos daqui a pouco, são sempre os grandes génios do lugar. Eles já falaram tanto de avejões e conhecem tão bem as manhas de que esses espíritos malignos são capazes que não têm medo deles. É particularmente à noite que todos, coveiros, canhameiros e fantasmas, exercem a sua indústria. É também à noite que o canhameiro conta as suas histórias lamurientas. Permitam-me uma digressão...

Quando o cânhamo *está no ponto*, isto é, depois de ter sido suficientemente alagado em águas correntes, e está já meio seco, depois de estendido na *riba*, é levado para os pátios das habitações; é então colocado de pé em pequenas paveias, que, com os seus talos afastados em baixo e as cabeças ligadas como bolas, à noite, já se parecem bastante com uma longa procissão de pequenos espectros brancos plantados em cima de umas pernas franzinas, caminhando sem ruído ao longo das paredes.

É no fim do setembro, quando as noites são ainda tépidas, que à pálida claridade da lua se começa a trilhar. Durante o dia, o cânhamo foi aquecido no forno; é retirado à noite, para se trilhar quente. Para isso, o canhameiro serve-se de uma espécie de cavalete apetrechado com uma alavanca de madeira, que, ao cair sobre as caneluras, tritura a planta sem a cortar.[28] É então que se ouve pela noite, nos campos, aquele barulho seco e sacudido de três golpes aplicados rapidamente. Depois, faz-se um silêncio; é o movimento do braço que retira aquele punhado de cânhamo para o trilhar noutra parte do seu comprimento. E os três golpes recomeçam; é o outro braço que move a alavanca, e assim sucessivamente até que a lua se cubra dos primeiros alvores do novo dia. Como este trabalho só dura alguns dias do ano, os cães não chegam a habituar-se, soltando uivos queixosos em todos os pontos do horizonte.

É o tempo dos ruídos insólitos e misteriosos pelos campos. Os grous emigrantes passam por regiões onde, em pleno dia, o olho mal os distingue. À noite, apenas se ouvem; e aquelas vozes roucas e gemidas, perdidas nas nuvens, parecem o apelo e o adeus de almas atormentadas que se esforçam para encontrar o caminho do céu, e que uma invencível fatalidade obriga a planar não longe da terra, em torno da morada dos homens; pois aqueles pássaros viajantes deparam-se com estranhas incertezas e misteriosas ansiedades no decurso da sua travessia aérea. Acontece-lhes, por vezes, perderem o vento, quando as brisas caprichosas se combatem ou se sucedem nas altas regiões. Quando esses desvios acontecem durante o dia, vê-se o chefe de fila flutuar ao acaso pelos ares e depois dar meia volta para vir colocar-se de novo na cauda da falange triangular, enquanto uma sensata manobra dos seus companheiros depressa os repõe na ordem correta, atrás de si. Muitas vezes, esgotado depois de esforços vãos, o guia renuncia a conduzir a caravana; outro se apresenta, tenta a sua sorte; e este cede o lugar a um terceiro, que encontra a corrente e evidencia vitoriosamente a sua marcha. Mas quantos gritos, avisos, imprecações, maldições selvagens ou ansiadas questões se trocam então, numa linguagem desconhecida, entre estes alados peregrinos!

Na noite sonora, ouvem-se estes clamores sinistros rodopiar, por vezes durante muito tempo, sobre as casas; e como não conseguimos vê-los, sentimos contra a nossa vontade uma espécie de receio e mal-estar complacente, até que aquela nuvem soluçante acabe por se perder no infinito.

Há ainda outros ruídos que são próprios desta época do ano e que ocorrem principalmente nos pomares. Ainda não se fez a colheita dos frutos, e mil crepitações inusitadas fazem as árvores parecerem-se com seres animados. Um ramo range, ao curvar-se sob um peso que chegou de repente ao seu último grau de desenvolvimento; ou então uma maçã desprende-se e cai a vossos pés com um baque seco sobre a terra húmida. Então, ouvireis fugir, resvalando pelos ramos e pelas ervas, um ser que não víeis: é o cão do camponês, esse vagabundo curioso, inquieto, insolente e poltrão ao mesmo tempo, que se intromete em tudo, que nunca dorme, que procura sempre não se sabe o quê, que vos espia, escondido nas moitas, e começa a fugir ao som da maçã caída, acreditando que lhe lançais uma pedra.

É durante essas noites, encobertas e grisalhas, que o canhameiro conta as estranhas aventuras de duendes e lebres brancas, de almas penadas e de feiticeiros transformados em lobos, de sabats na encruzilhada e de corujas profetisas no cemitério. Lembro-me de ter passado assim as primeiras horas da noite em torno das *gramadeiras* em movimento, cuja percussão implacável, interrompendo o relato do canhameiro no passo mais terrível, fazia passar um arrepio gelado nas nossas veias. E muitas vezes o homenzinho continuava a falar enquanto trilhava; e havia assim umas quatro ou cinco palavras perdidas: palavras medonhas, sem dúvida, que nem nos atrevíamos a fazê-lo repetir e cuja omissão acrescentava um mistério mais horrível aos mistérios já de si tão obscuros da sua história. Era em vão que as criadas nos avisavam que já era muito tarde para continuar na rua e que a hora de dormir já tinha há muito badalado para nós: elas próprias morriam de vontade de continuar a ouvir; e, a seguir, com que terror atravessávamos o vilarejo para voltarmos para casa! Como o pórtico da igreja nos parecia profundo, e a sombra das velhas árvores espessa e negra! Quanto ao cemitério, nem o víamos; fechávamos os olhos ao contorná-lo.

Mas o canhameiro não se compraz, como o sacristão, no ofício exclusivo de fazer medo; ele gosta de fazer rir, é zombeteiro e sentimental quando necessário, quando é preciso cantar o amor e o himeneu; é ele quem recolhe e conserva na memória as canções mais antigas e quem as transmite à posteridade. É ele, portanto, que tem a seu cargo, nas bodas, a personagem que o veremos desempenhar na atribuição das entregas da pequena Marie.

II.

As entregas

Quando todos os convidados se reuniram em casa, fecharam com o máximo cuidado as portas e as janelas; chegaram mesmo a barricar a lucarna do sótão; puseram tábuas, estrados, cepos e mesas de través em todas as saídas, como se se preparassem para fazer frente a um cerco; e fez-se naquele interior fortificado um silêncio de expectativa bastante solene, até que ao longe se ouviram os cânticos, os risos e o som dos instrumentos rústicos. Era o bando do noivo, com Germain à cabeça, acompanhado dos seus mais destemidos companheiros, do coveiro, pelos parentes, amigos e criados, que formava um alegre e sólido cortejo.

No entanto, à medida que se aproximavam daquela casa, abrandaram, compuseram-se e fizeram silêncio. As raparigas, encerradas na habitação, arranjaram maneira de abrir fendas nas janelas, através das quais podiam vê-los chegarem e disporem-se em ordem de batalha. Caía uma chuva miúda e fria que tornava a situação mais intensa, enquanto um lume imenso crepitava no braseiro dentro de casa. Marie teria preferido encurtar as lentidões inevitáveis deste cerco protocolar; não gostava de ver o noivo enregelar-se assim, mas ela não tinha voto na matéria em relação a este assunto, e devia mesmo compartilhar ostensivamente da teimosa crueldade das suas companheiras.

Quando os dois campos se encontraram na presença um do outro, uma descarga de armas de fogo, vinda de fora, pôs em alvoroço todos os cães da vizinhança. Os cães da casa precipitaram-se para a porta, ladrando, acreditando tratar-se de um ataque real, e as criancinhas, cujas mães se esforçavam em vão por confortar, desataram a chorar e a tremer. Toda aquela cena foi tão bem interpretada que, se um estrangeiro estivesse presente, ter-se-ia talvez posto em posição de defesa contra um grupo de bandoleiros.

Então, o coveiro, bardo e porta-voz do noivo, colocou-se diante da porta, e, com uma voz lamurienta, encetou com o canhameiro, colocado na lucarna que se situava por cima da mesma porta, o seguinte diálogo:

COVEIRO

Ai, minha boa gente, meus queridos paroquianos, pelo amor de Deus, abri-me a porta!

CANHAMEIRO

Então, mas quem sois, e por que razão tomais a liberdade de nos chamar vossos queridos paroquianos? Nós não vos conhecemos.

COVEIRO

Nós somos gente honesta em grande sofrença. Não tenhais medo de nós, meus amigos! Dai-nos a vossa hospitalidade. Cai granizo, os nossos pés, coitados, estão gelados, e vimos de tão longe que os nossos tamancos se abriram.

CANHAMEIRO

Se os vossos tamancos se abriram, podeis procurar pelo chão; encontrareis com certeza um pedaço de bunho (vime) para fazer umas *gáspeas* (pequenas lâminas de ferro em forma de aro que se colocam nos tamancos abertos para os consolidarem).

COVEIRO

Umas gáspeas de bunho? Isso não é lá muito sólido. Vossemecê está a fazer pouco de nós, que somos boa gente, e faria melhor se nos abrisse a porta. Vemos como reluz uma bela chama na sua habitação; por certo que tem um espeto ao lume, e que aí todos consolam o coração e a barriga. Abra lá a porta a estes pobres peregrinos, que morrerão aqui se lhes não fizer mercê.

CANHAMEIRO

Ah, ah! Então sois peregrinos? Não me dizíeis isso. Dizei-me, pois, de que peregrinação vindes chegando, por favor!

COVEIRO

Dir-lhe-emos isso quando nos tiver aberto a porta, pois vimos de tão longe que nem quereria acreditar.

CANHAMEIRO

Abrir-vos a porta? Pois, sim! Não podemos fiar-nos em vós. Vejamos: é de Saint-Sylvain de Pouligny que chegais?

COVEIRO

Estivemos em Saint-Sylvain de Pouligny, mas estivemos muito mais longe ainda.

CANHAMEIRO

Então fostes até Sainte-Solange?

COVEIRO

Em Sainte-Solange estivemos, com certeza; mas estivemos muito mais longe ainda.

CANHAMEIRO

Mentis; nunca estivestes sequer em Sainte-Solange.

COVEIRO

Estivemos mais longe, pois, neste momento, acabamos de chegar de Santiago de Compostela.

CANHAMEIRO

Que disparate me contais? Por aqui, não conhecemos tal paróquia. Já estamos a ver que sois gente ruim, uns bandidos, uns *zés-ninguém* e uns mentirosos. Ide acolá cantar as vossas patacoadas; estamos bem guardados, e não entrais aqui.

COVEIRO

Ai, meu pobre compadre, tenha piedade de nós! Não somos peregrinos, como adivinhou; mas somos uns desgraçados caçadores furtivos perseguidos pela Guarda. Agorinha mesmo os guardas estão atrás de nós, e, se não nos esconder no seu palheiro, vamos ser apanhados e levados para a prisão.

CANHAMEIRO

E quem é que nos prova que, desta vez, sois o que dizeis? Pois já me contastes uma mentira que não soubestes sustentar.

COVEIRO

Se quiser abrir-nos a porta, mostramos-lhe uma rica peça de caça que matámos.

CANHAMEIRO

Mostrai logo, então, que nós desconfiamos.

COVEIRO

Pois bem, abra a porta ou uma janela, que nós lhe passaremos o animal.

CANHAMEIRO

Ah, nem pensar! Não sou assim tão parvo. Estou a ver-vos por um buraquinho! E não vejo entre vós nem caçador nem caça.

Aqui, um rapaz que era boieiro, atarracado e de uma força hercúlea, destacou-se do grupo, onde permanecera despercebido, e ergueu até à lucarna um ganso com penas, enfiado num enorme espeto de ferro, adornado com raminhos de palha e fitas.

— Sim, sim — exclamou o canhameiro, depois de ter passado com precaução um braço de fora para palpar o assado. — Isto não é perdiz nem codorniz; não é lebre nem coelho; é qualquer coisa como um ganso ou um peru. Sim, senhor, sois uns grandes caçadores! E essa caça aí não vos fez correr muito. Ide acolá, meus tolos! Já conhecemos bem todas as vossas patranhas, e podeis ir assar o vosso jantar noutro lado. Não haveis de comer o nosso.

COVEIRO

Ai, meu Deus, onde iremos nós assar a nossa caça? É tão pouquinha coisa para tanta gente que somos; e, além disso, não temos nem lume nem lugar. A esta hora, todas as portas estão fechadas, toda a gente está deitada; só vós é que fazeis a boda nessa casa, e vossemecê deve ter um coração bem duro para nos deixar cá fora ao frio. Mais uma vez: abri, minha boa gente; não vos faremos despesa. Vedes bem que trazemos o assado; dai-nos apenas um lugar à vossa lareira, um pouco de lume para o cozinhar, e iremos embora contentes.

CANHAMEIRO

Achais que há muito espaço aqui em casa e que a lenha não nos custa nada?

COVEIRO

Nós temos aqui uma meda de palha para fazer lume, contentamo-nos com ela; dê-nos só permissão para pormos o espeto debaixo da sua chaminé.

CANHAMEIRO

Isso não pode ser; não nos dais pena nenhuma, só asco. Tenho cá para mim que estais bêbados, que não tendes necessidade de nada e que quereis entrar na nossa casa para nos roubardes o lume e as nossas filhas.

COVEIRO

Posto que vossemecê não quer ouvir nenhuma das nossas boas razões, vamos entrar nessa casa à força.

CANHAMEIRO

Tentai, se quiserdes. Estamos muito bem encerrados para não vos temermos. E já que sois insolentes, não vos damos mais resposta.

E então o canhameiro fechou com grande estrondo a portinhola da lucarna e desceu por uma escada até ao quarto que se encontrava por baixo. Depois, tomou a noiva pela mão e, juntando-se a eles os jovens dos dois sexos, começaram todos a dançar e a gritar alegremente, enquanto as matronas cantavam com uma voz estridente, soltando grandes gargalhadas em sinal de desprezo e de bravata para com os de fora, que tentavam o assalto.

Os sitiadores, por sua vez, semeavam o caos: descarregavam as pistolas nas portas, faziam rosnar os cães, davam grandes murros nas paredes, sacudiam as portadas e soltavam gritos medonhos; enfim, era um rebuliço em que ninguém se podia ouvir, uma poeira e uma fumarada em que ninguém se podia ver.

Porém, aquele ataque era simulado: ainda não chegara o momento de violar a etiqueta. Se eles conseguissem, rondando a casa, encontrar uma passagem não guardada, uma abertura qualquer, podiam tentar entrar de surpresa, e então, se o detentor do espeto conseguisse pôr o seu assado ao lume, determinando assim a conquista do lar, a comédia acabava e o noivo sairia vencedor.

Mas as saídas da casa não eram assim tão numerosas para que se negligenciassem as precauções habituais, e ninguém se arrogou o direito de usar da violência antes do momento marcado para a luta.

Quando se cansaram de saltar e de gritar, o canhameiro pensou em capitular. Voltou a subir à lucarna, abriu-a com precaução e saudou os sitiadores desapontados com uma gargalhada.

— Pois bem, rapazes — disse —, ora aí estais num grande embaraço! Pensáveis que nada era mais fácil do que entrar aqui, e agora vedes como a nossa defesa é forte. Mas já começamos a ter dó, se quiserdes submeter-vos e aceitar as nossas condições...

COVEIRO

Falai, minha boa gente; dizei o que é preciso fazer para podermos aproximar-nos da vossa lareira.

CANHAMEIRO

É preciso cantar, meus amigos, mas cantar uma cantiga que nós não conheçamos e à qual não consigamos responder com uma melhor.

— Não seja por isso! — respondeu o coveiro, e entoou com uma voz poderosa:

— *Era há seis meses primavera,*

— *Passeava eu pela fresca erva* — respondeu o canhameiro com uma voz um pouco roufenha, mas terrível. — Não tendes vergonha, minha pobre gente, de nos cantar tamanha velharia? Bem vedes que soubemos interromper-vos à primeira palavra!

— *Era a filha de um bom príncipe...*

— *Que se queria casar*, respondeu o canhameiro. — Adiante, adiante, venha outra! Já conhecemos essa mais do que bem.

COVEIRO

Quereis esta?

— *Ora ao regressar de Nantes...*

CANHAMEIRO

— *Tão cansado estava eu, o-i-o-ai! Tão cansado estava eu.*

Essa é do tempo da minha avó. Vejamos outra!

COVEIRO

— *No outro dia, ao passear...*

CANHAMEIRO

— *Por esta linda floresta!* Ora aí está uma que é tola! Nem os nossos netos se dariam ao trabalho de vos responder! Então? É só isso que sabeis?

COVEIRO

Ah, havemos de lhe dizer tantas que vai ficar sem resposta.

Pelo menos uma hora se passou a combater assim. Como os dois antagonistas eram os melhores conhecedores da terra em matéria de cantigas, e o seu repertório parecia inesgotável, aquilo podia ter durado a noite toda, tanto mais que o canhameiro, com um pouco de malícia, deixava o outro bando cantar umas lamúrias em 10, 20 ou 30 coplas, fingindo com o seu silêncio declarar-se vencido. Então, triunfantes, no campo do noivo, os homens cantavam em coro, alto e bom som, acreditando que desta vez a fação adversa estava em desvantagem; mas, a meio da copla final, ouvia-se a voz rude e resfolegada do canhameiro berrando os últimos versos e, depois disso, exclamar: — Não era preciso cansar-vos tanto, meus filhos! Já a sabíamos na ponta da língua!

Porém, uma ou duas vezes o canhameiro fez uma careta, franziu o sobrolho e virou-se com um ar desapontado para as matronas atentas. O coveiro cantava alguma coisa tão velha que o seu adversário havia esquecido ou talvez nunca a tivesse aprendido; mas logo as boas comadres grasnavam, com uma voz estridente como a da gaivota, o refrão vitorioso; e o coveiro, forçado a render-se, passava a outro ensaio.

Foi preciso esperar muito para saber de que lado ficaria a vitória. O partido da noiva declarou que cedia, na condição de receber um presente digno dela.

Então começou o cante das entregas, num tom solene como um cântico de igreja.

Os homens de fora, com voz grave e em uníssono, disseram:

Abra a porta, abra,
Ó linda Marie,
Hei bonitas prendas para lhe dar,
Ai, amiga, deixe-nos lá entrar!

Ao que as mulheres, num tom dolente e em falsete, responderam do interior:

Meu pai está a sofrer, minha mãe muito triste,
E eu cá sou uma moça mui prezada
Para abrir a porta a esta hora tarda.

Os homens retomaram a primeira copla até ao quarto verso, que modificaram assim:

Hei um belo lenço aqui p'ra lhe dar.

Mas, em nome da noiva, as mulheres responderam o mesmo que da primeira vez.

Durante 20 coplas, pelo menos, os homens enumeraram todos os presentes da entrega, mencionando sempre um objeto novo no último verso: um bonito *resguardo* (avental), bonitas fitas, um vestido de pano, rendas, uma cruz de ouro e até *um cento de alfinetes* para completar o enxoval da noiva. A recusa das matronas era irrevogável; mas, finalmente, os rapazes falaram *de um belo marido para lhe apresentar*, e elas, dirigindo-se à noiva, cantando com os homens, responderam:

Abra a porta, abra,
Ó linda Marie,
É um bom marido que a vem buscar,
Vamos lá, amiga, deixa-os entrar.

III.

O casamento

Então, o canhameiro puxou a cavilha de madeira que trancava a porta por dentro: ainda era, naquela época, a única fechadura que se conhecia na maior parte das habitações do nosso vilarejo. O bando do noivo irrompeu pela morada da noiva, mas não sem combate; pois os rapazes acantonados lá em casa, mesmo o velho canhameiro e as velhas comadres, acataram a obrigação de defender a lareira. O detentor do espeto, apoiado pelos seus companheiros, devia ser capaz de ir pousar o assado no braseiro. Foi uma verdadeira batalha, ainda que se abstivessem de se bater e que não houvesse zanga na luta. Mas empurravam-se e acossavam-se naquele espaço tão estreito, e havia tanto amor-próprio em jogo naquele ensaio de forças musculares que os resultados podiam ser mais sérios do que pareciam através dos risos e das cantigas. O pobre do velho canhameiro, que se debatia como um leão, ficou encostado à parede e apertado pela multidão até perder o fôlego. Mais do que um campeão caído por terra foi espezinhado involuntariamente, mais do que uma mão agarrada ao espeto ficou ensanguentada. Estes jogos são perigosos, e os acidentes têm sido suficientemente graves nos últimos tempos para que os nossos camponeses tenham resolvido deixar cair em desuso a cerimónia das entregas. Creio que vimos a última na boda de Françoise Meillant[29], e, mesmo assim, a luta foi apenas simulada.

Esta luta ainda foi bastante apaixonada na boda de Germain. Havia uma questão de ponto de honra de parte a parte em invadir e em defender o lar da Guillette. O enorme espeto de ferro ficou torcido como um parafuso entre os punhos vigorosos que o disputavam. Um tiro de pistola deitou fogo a uma pequena provisão de cânhamo disposta em *bonecas*[30], arrumada numa canastra junto ao teto. Este incidente fez a diversão de todos, e, enquanto uns se apressavam a abafar o germe do incêndio, o coveiro, que tinha escalado ao sótão sem que ninguém se apercebesse, desceu pela chaminé e apanhou o espeto no momento em que o boieiro, que o defendia ao pé do braseiro, o envergava acima da cabeça para impedir que lho arrancassem. Algum tempo antes da tomada do assalto, as matronas haviam tido o cuidado de apagar o lume, com medo de que, debatendo-se ali perto, alguém acabasse por cair nele e por se queimar. O divertido coveiro, de conluio com o boieiro, apoderou-se então do troféu sem dificuldade e deitou-o de través em cima da *trempe*. Estava feito! Já não era permitido tocar-lhe. Saltou para o meio da casa e acendeu um resto de palha que rodeava o espeto, para fazer o simulacro da confeção do assado, pois o ganso estava feito em pedaços e os seus membros dispersos juncavam o soalho.

Houve então muita risada e muita fanfarronice. Cada um mostrava as mazelas que recebera, e, muitas vezes, como era a mão de um amigo que lhe tinha batido, ninguém se queixava nem fazia querela. O canhameiro, meio amassado, esfregava os rins, dizendo não querer saber disso, mas protestava contra a manha do compadre coveiro, afirmando que, se não estivesse já meio-morto, a lareira não teria sido conquistada tão facilmente. As matronas varriam o chão, e a ordem restabelecia-se. A mesa cobria-se de canjirões de vinho novo. Quando brindaram juntos e recuperaram o fôlego, o noivo foi levado para o meio da casa, e, armado de uma vara, teve de se submeter a uma nova provação.

Durante a luta, a noiva havia sido escondida juntamente com três das suas companheiras pela mãe, pela madrinha e pelas tias, que fizeram as quatro jovens sentarem-se num banco, num canto recuado da sala, cobertas com um grande lençol branco. As três companheiras tinham sido escolhidas por terem a mesma altura que Marie e por as suas coifas serem de altura idêntica, de modo que, cobertas pelo lençol sobre a cabeça, e envolvidas por ele até aos pés, era impossível distingui-las umas das outras.

O noivo só podia tocar-lhes com a ponta da vara, e apenas para designar aquela que julgava ser a sua mulher. Foi-lhe dado tempo para examinar, mas apenas com os olhos, e as matronas, posicionadas a seu lado, zelavam rigorosamente para que não houvesse batota. Se ele se enganasse, não podia dançar durante toda a noite com a noiva, mas somente com aquela que escolhesse por engano.

Germain, vendo-se na presença destes fantasmas envolvidos pelo mesmo sudário, receava enganar-se; e, de facto, isso já acontecera a muitos outros, uma vez que todas as precauções eram sempre tomadas com minúcia. O coração batia-lhe no peito. A pequena Marie bem tentou respirar com força e agitar um pouco o lençol, mas as suas manhosas rivais faziam o mesmo, empurrando o lençol com os dedos, e, assim, havia tantas figuras de aspeto misterioso quanto raparigas debaixo daquele véu. As coifas quadradas seguravam o véu tão uniformemente que era impossível ver a forma de um rosto desenhada nas suas pregas.

Germain, depois de dez minutos de hesitação, fechou os olhos, encomendou a alma a Deus e estendeu a vara ao acaso. Tocou a fronte da pequena Marie, que jogou o lençol para longe, gritando vitória. Germain teve, então, permissão para beijá-la, e, envolvendo-a nos seus braços robustos, levou-a até ao meio da casa e abriu o baile com ela, que durou até às duas da manhã.

Foi então que todos se separaram, para voltarem a reunir-se às oito horas. Como havia um certo número de jovens vindos dos arredores, e não havia camas para toda a gente, cada convidada da aldeia recebeu na sua cama duas ou três jovens companheiras, enquanto os rapazes, todos misturados, iam esticar-se na forragem do celeiro da herdade. Podeis bem imaginar que não dormiram nada, pois só pensavam em brincar uns com os outros, em trocar chalaças e contar histórias tontas. Nas bodas, há sempre, em rigor, três noites em branco de que ninguém se arrepende.

À hora marcada para a partida, depois de terem comido as sopas de leite condimentadas com uma forte dose de pimenta, para despertar o apetite, já que o banquete de núpcias prometia ser copioso, juntaram-se todos no pátio da quinta. Como a nossa paróquia fora suprimida, era preciso andar meia légua para ir procurar a bênção nupcial. O tempo estava bom e fresco, mas como os caminhos estavam muito estragados, cada um arranjou o seu cavalo, e cada homem levou à garupa uma companheira, nova ou velha. Germain partiu sobre a *Cinza*, que, bem cuidada, ferrada de novo e ornada de fitas, se empinava e deitava fogo pelas narinas. Foi procurar a sua noiva à choupana com o cunhado Jacques, o qual, montado na *velha Cinza*, levou a tia Guillette à garupa, enquanto Germain voltava ao pátio da quinta levando a sua queridinha mulher com um ar de triunfo.

Depois, a alegre cavalgada fez-se à estrada, escoltada pelas crianças, a pé, que corriam disparando tiros de pistola e fazendo os cavalos relinchar. A tia Maurice subira para uma pequena charrete com os três filhos de Germain e os rabequistas. Estes abriam a marcha ao som dos seus instrumentos. O Pierre-Pequenito estava tão lindo que deixava a avozinha toda vaidosa. Mas o menino, impetuoso, não aguentou muito tempo a seu lado. Durante uma paragem que foi preciso fazer a meio do caminho, para se passar um troço difícil, Pierre esquivou-se e foi suplicar ao pai que o sentasse na *Cinza*, à sua frente.

— Pois, sim! — respondeu Germain. — É da maneira que podemos contar com muitas graçolas de mau gosto! Não pode ser.

— Eu cá não estou nada preocupada com o que a gente de Saint-Chartier possa dizer — disse a pequena Marie. — Traga-o, Germain, por favor. Ficarei ainda mais orgulhosa dele do que do meu vestido de noiva.

Germain cedeu, e o belo trio avançou pelas fileiras no galope triunfante da *Cinza*.

E, de facto, os habitantes de Saint-Chartier, ainda que fossem muito zombeteiros e implicassem um pouco com os das paróquias vizinhas que vinham reunir-se na sua, nem se lembraram de se rir ao verem um noivo tão lindo, uma noiva tão linda e um menino que teria feito inveja à mulher de um rei. O Pierre-Pequenito tinha um fato completo de pano azul-violáceo, um colete vermelho tão elegante e tão curto que mal descia além do queixo. O alfaiate da aldeia tinha-lhe apertado tão bem as cavas que ele nem conseguia aproximar os bracinhos. Estava tão orgulhoso! Tinha um chapéu redondo com uma presilha de negro e ouro e uma pluma de pavão saindo pomposamente de um tufo de penas de pintada. Um arranjo de flores maior do que a sua cabeça cobria-lhe o ombro, e as fitas flutuavam-lhe até aos pés. O canhameiro, que era também o barbeiro e o cabeleireiro da comarca, tinha-lhe cortado os cabelos à volta, cobrindo-lhe a cabeça com uma escudela e cortando tudo o que passava de fora, método infalível para assegurar a tesourada. Assim enfeitado, o coitadinho era seguramente menos poético do que com os seus longos cabelos ao vento e a sua pele de cordeiro à São João Baptista; mas ele não achava isso, e toda a gente o admirava, dizendo que tinha um ar de homenzinho. A sua beleza triunfava de tudo; e, com efeito, de que não triunfa a incomparável beleza da infância?

A sua irmãzinha Solange usava, pela primeira vez na vida, uma coifa em vez da touca de chita que usam as menininhas até aos dois ou três anos. E que coifa! Mais alta e mais larga do que o corpinho da menina. Estava linda! Não se atrevia a voltar a cabeça, e mantinha-se muito direita, achando que ainda a tomariam pela noiva.

Quanto ao pequeno Sylvain, ainda estava de vestido, e, dormindo nos joelhos da avó, não fazia ideia nenhuma do que fosse um casamento.

Germain olhava para os filhos com amor, e, ao chegar à câmara, disse à noiva:

— Olha, Marie, chego aqui um pouco mais contente do que no dia em te levei para casa, depois do bosque de Chanteloube, pensando que nunca poderias amar-me. Tomei-te nos meus braços para te pôr no chão, como faço neste momento, mas pensava que nunca mais haveríamos de nos encontrar montados na *Cinza* com este menino aos nossos joelhos. Olha, eu gosto tanto de ti, gosto tanto destes pequeninos, estou tão feliz que tu gostes de mim e deles, e que os meus pais gostem de ti, e eu gosto tanto da tua mãe e dos meus amigos, e de toda a gente que hoje queria ter três ou quatro corações para chegar a todos. A sério, um só é pouco para albergar tanta amizade e contentamento! Até parece que me dói a barriga.

Havia uma multidão à porta da câmara e da igreja para ver a bonita noiva. Porque não havemos de dizer também a sua indumentária? Ficava-lhe tão bem! A coifa, de musselina clara e repleta de bordados, tinha a barra ornada de rendas. Naquele tempo, as camponesas não se permitiam mostrar sequer um só cabelo; e, mesmo que escondam debaixo da coifa umas cabeleiras magníficas, enroladas em fitas de fio branco para suportarem a coifa, ainda hoje seria uma ação indecente e vergonhosa mostrar aos homens a cabeça nua. No entanto, agora permitem-se deixar na fronte um estreito bandó que muito as embeleza. Mas tenho saudades do toucado clássico do meu tempo; aquelas rendas brancas diretamente sobre a pele tinham um carácter de antiga castidade que me parecia mais solene, e quando uma figura se fazia bela assim, era de uma beleza cujo charme e ingénua majestade nada mais pode exprimir.

A pequena Marie levava ainda este toucado, e a sua fronte era tão branca e pura que desafiava o branco da roupa a ensombrá-lo. Ainda que não tivesse pregado olho a noite toda, o ar da manhã, e sobretudo a alegria interior de uma alma tão límpida quanto o céu, e depois, também, um pouco de ardor secreto, contido pelo pudor da adolescência, faziam-lhe ascender às faces um brilho tão suave quanto o da flor do pessegueiro aos primeiros raios de abril.

O seu lenço branco, castamente cruzado sobre o seio, deixava apenas ver os contornos delicados de um pescoço torneado como o de uma rola; o vestido de pano fino, verde-mirto, desenhava a sua cinturinha, que parecia perfeita, mas que viria ainda a crescer e a desenvolver-se, pois ela só tinha 17 anos. Trazia um avental de seda, violeta como um amor-perfeito, ainda com o peitilho que as nossas aldeãs tiveram a triste ideia de eliminar, e que dava tanta elegância e modéstia ao peito da mulher. Hoje em dia, ostentam o lenço com mais vaidade, mas, na sua indumentária, já não há aquela fina flor de antiga castidade que as fazia parecerem-se com as virgens de Holbein[31]. São mais finas, mais graciosas. O bom género de outrora era uma espécie de rigidez severa que tornava o seu raro sorriso mais profundo e ideal.

Na troca de votos, Germain colocou, como é costume, a *trezena*, ou seja, 13 moedas de prata, na mão da noiva. Passou-lhe pelo dedo um anel de prata, de forma invariável desde há séculos, que *a aliança de ouro* veio entretanto substituir. Ao saírem da igreja, Marie disse-lhe baixinho:

— É mesmo o anel que eu queria? Aquele que eu lhe pedi, Germain?

— Sim — respondeu ele —, aquele que a Catherine tinha no dedo quando morreu. É o mesmo anel para os meus dois casamentos.

— Agradeço-lhe muito, Germain — disse a jovem mulher num tom sério e penetrante. — Morrerei com ele, e, se for antes do Germain, guarde-o para o casamento da sua pequena Solange.

IV.

A couve

Voltaram a montar a cavalo e regressaram rapidamente a Belair. O banquete foi esplêndido e durou, entremeado de danças e cantigas, até à meia-noite. Os velhos não deixaram a mesa durante 14 horas. O coveiro tratou da cozinha, e fê-lo muito bem. Tinha fama disso, e só deixava o fogão para vir dançar e cantar entre cada serviço. Contudo, o coitado do tio Bontemps era epilético! Quem haveria de desconfiar? Ele era fresco, forte e galhardo como um jovem. Um dia, encontrámo-lo quase morto, torcido pela doença numa cova, à entrada da noite. Transportámo-lo para a nossa casa num carrinho de mão e passámos a noite a cuidar dele. Três dias depois, já ele estava numa boda, cantava como um tordo e saltitava como um cabrito, abanando-se todo à moda antiga. Ao sair de um casamento, ia abrir uma cova e pregar um caixão. Cumpria religiosamente o seu dever, e, ainda que não parecesse, dado o seu bom humor, o homem conservava um aspeto sinistro que apressava o regresso da doença. A sua mulher, paralítica, não se mexia da cadeira havia 20 anos. A mãe ainda era viva, tinha 104 anos. Mas ele, coitado, tão alegre, tão bom, tão divertido, matou-se no ano passado ao cair do alto do celeiro para o chão. Sem dúvida, estaria tomado por um acesso fatal da sua doença, e, como era hábito, escondeu-se no meio do feno para não assustar e afligir a família. Acabou assim, de uma maneira trágica, uma vida tão estranha como ele próprio: uma mistura de coisas lúgubres e doidas, terríveis e hilariantes, no meio das quais o seu coração permanecera sempre bom e o seu carácter amável.

Mas chegamos ao terceiro dia de boda, que é o mais curioso e o que se mantém em todo o rigor até aos nossos dias. Não falaremos da rabanada[32] que se leva para o leito nupcial; é um costume tolo que faz prejuízo ao pudor da noiva e tende a destruir o das jovens que a ele assistem. Além disso, penso que seja um costume de todas as províncias, mas que na nossa não tem nada de particular.

Tal como a cerimónia das *entregas* é o símbolo da tomada de posse do coração e do domicílio da noiva, a da *couve* é o símbolo da fertilidade do himeneu. No dia a seguir à boda, depois do almoço, começa esta bizarra representação de origem gaulesa, mas que, depois de passar pelo cristianismo primitivo, se foi tornando, pouco a pouco, numa espécie de *mistério*[33] ou moralidade cómica da Idade Média.

Dois rapazes (os mais desenvoltos e humorados do bando) desaparecem durante o almoço, vão mascarar-se e, depois, regressam rodeados de música, cães, crianças e tiros de pistola. Representam um casal de vadios, marido e mulher, cobertos com os andrajos mais miseráveis. O marido é o mais sujo dos dois: foi o vício que o degradou assim; a mulher é só uma desgraçada, aviltada pela desordem que causa o esposo.

Intitulam-se *jardineiro* e *jardineira* e dizem-se encarregues da guarda e da cultura da couve sagrada. Mas o marido tem outras qualificações diversas, cada uma com o seu significado. Chamam-lhe, indiscriminadamente, o *palhoso*, porque enverga na cabeça uma peruca de palha e cânhamo e, para esconder a nudez mal recatada sob os trapos, cobre as pernas e uma parte do corpo com palha e tem uma barriga grande e uma corcunda de palha ou feno escondidas debaixo da blusa; ou o *fendrelheiro*, porque está coberto de *fendrelhos* (farrapos); ou ainda o *pagão*, o que é mais significativo, porque é suposto, pelo seu cinismo e pelos seus desmandos, reunir em si os antípodas de todas as virtudes cristãs.

Este aparece com o rosto manchado de fuligem e borras de vinho, por vezes envergando uma máscara grotesca. Um púcaro de cerâmica rachado, ou um velho tamanco, pendurado à cintura por um baraço, serve-lhe para pedir a esmola do vinho. Ninguém lha recusa, e ele finge beber; depois, derrama vinho pela terra, em jeito de libação. Cai a cada passo e rebola na lama; finge estar em pleno auge da bebedeira mais vergonhosa. A sua mulher, coitada, corre atrás dele, apanha-o, pede socorro, arranca cabelos de cânhamo que saem em mechas eriçadas da sua coifa imunda, chora a abjeção do marido e repreende-o de forma patética.

— Desgraçado! — disse ela. — Vê bem aonde nos levou o teu mau comportamento! Bem posso fiar, trabalhar para ti, remendar as tuas roupas! Tu esfarrapas-te todo, sujas-te sempre. Comeste o pouco que eu tinha, os nossos seis filhos estão nas lonas, dormimos num estábulo com os animais; aqui, estamos reduzidos a pedir esmola, e ainda por cima és tão feio, tão asqueroso e tão desprezível que só falta atirarem-nos o pão como se faz aos cães. Ai, minha pobre *catrefa* (minha pobre gente), tende piedade de nós! Tende piedade de mim! Não mereci esta sorte, e nunca houve mulher com um marido mais emporcalhado e detestável. Ajudem-me a ampará-lo, senão os carros vão esmagá-lo como a um caco de uma garrafa velha, e eu ficarei viúva, o que me matará de desgosto de uma vez por todas, ainda que todos me digam que seria uma grande sorte.

Tal é o papel da jardineira e tais são as suas lamúrias, contínuas durante toda a peça. Pois é uma verdadeira comédia pública, improvisada, representada ao ar livre pelo caminho afora, através dos campos, alimentada por todos os acidentes fortuitos que se apresentem, e na qual toda a gente participa, pessoas da boda e de fora, hóspedes das casas vizinhas e caminheiros de passagem, durante três ou quatro horas do dia, como veremos. O tema é sempre o mesmo, mas com infinitas variações, e é aí que se vê o instinto mímico, a abundância de ideias cómicas, a facúndia, o dom da réplica e até a eloquência natural dos nossos camponeses.

O papel da jardineira é habitualmente confiado a um homem magro, imberbe e de aspeto fresco, que sabe interpretar muito bem a sua personagem e representar o desespero burlesco com bastante naturalidade para alegrar e entristecer ao mesmo tempo, como se fosse um caso real. Esses homens magros e imberbes não são raros nos nossos campos, mas o que é estranho é que, por vezes, são os mais notáveis em força muscular.

Depois de se ter constatado o infortúnio da mulher, os jovens da boda convencem-na a deixar ali o marido bêbado e a divertir-se com eles. Dão-lhe o braço e arrastam-na consigo. Pouco a pouco, ela solta-se, alegra-se e começa a correr, ora com um ora com outro, começando a adotar uma atitude descarada: nova *moralidade*, o mau comportamento do marido provoca e traz consigo o da mulher.

O pagão acorda então da sua bebedeira, olha em volta à procura da companheira, arma-se de uma corda e um bastão e corre atrás dela. Eles fazem-no correr, escondem-se, passam a mulher de um para o outro, tentam distrair e enganar o ciumento. Os seus *amigos* esforçam-se por embebedá-lo mais. Por fim, alcança a sua infiel e quer bater-lhe. O que há de mais bem observado nesta paródia das misérias da vida conjugal é que o ciumento nunca se vira contra aqueles que lhe roubaram a mulher. Com eles, é bastante prudente e educado; ele só quer saber da culpada, porque é suposto que ela não possa oferecer-lhe resistência.

Mas no momento em que ergue o bastão e prepara a corda para amarrar a delinquente, todos os homens da festa se interpõem, colocando-se entre o casal. — «Não lhe bata! Nunca bata na sua mulher!» — É a fórmula que se repete à exaustão nestas cenas. Desarmam o marido, obrigam-no a perdoar, a abraçar a mulher, e logo ele finge amá-la mais do que nunca. Vai-se embora de braço dado com ela, cantando e dançando, até que um novo acesso de bebedeira o faça rebolar pelo chão; e então recomeçam as lamúrias da mulher, o seu desencorajamento, as suas infidelidades simuladas, a ciumeira do marido, a intervenção dos vizinhos e a reconciliação. Em tudo isto, há um ensinamento ingénuo, grosseiro até, que deixa entrever a sua origem medieval, mas que deixa sempre a sua impressão, senão nos noivos, demasiado apaixonados ou ajuizados hoje em dia para precisarem dele, pelo menos nas crianças e nos adolescentes. O pagão assusta e repugna de tal maneira as raparigas, correndo atrás delas e fingindo querer beijá-las, que elas fogem com uma sensação que não tem nada de falso. O seu rosto manchado e o grande bastão (todavia inofensivo) fazem a miudagem soltar altos gritos. É a comédia de costumes no seu estado mais elementar, mas também mais chocante.

Quando esta farsa vai bem encarreirada, os convivas dispõem-se a ir buscar a couve. Traz-se uma padiola sobre a qual instalam o pagão, armado de uma enxada, uma corda e um grande alguidar. Quatro homens vigorosos erguem-no aos ombros. A sua mulher segue-os a pé, os *anciãos* vêm em grupo atrás dele com um ar grave e pensativo, e depois os convidados, que marcham em pares ao passo ritmado pela música. Os tiros de pistola recomeçam, os cães uivam mais do que nunca à vista do pagão imundo, assim transportado em triunfo. As crianças incensam-no derrisoriamente com os tamancos presos por um baraço.

Mas porquê esta ovação a uma personagem tão repulsiva? Estão a caminho da conquista da couve sagrada, emblema da fertilidade matrimonial, e é este bêbado embrutecido que, sozinho, pode deitar a mão à planta simbólica. Há nisto, com certeza, algum mistério anterior ao cristianismo, e que recorda a festa das Saturnais, ou algum bacanal antigo. Talvez este pagão, que é ao mesmo tempo o jardineiro por excelência, não seja nada mais e nada menos do que Príapo[34] em pessoa, o deus das hortas e da devassidão, divindade que, no entanto, devia ser casta e séria na sua origem, como o mistério da reprodução, mas que a licença dos costumes e o descaminho das ideias foram insensivelmente degradando.

Seja como for, a marcha triunfal chega à residência da noiva e introduz-se na sua horta. Ali, escolhe-se a mais bela couve, o que não se faz depressa, pois os anciãos armam concílio e discutem até mais não, cada um defendendo a couve que lhe parece mais conveniente. Vão a votos, e quando a escolha é concertada, o *jardineiro* ata a sua corda em torno do talo e afasta-se tanto quanto lhe permite a extensão da horta. A jardineira assegura-se de que, durante a queda, o legume sagrado não fica danificado. Os *graciosos* da boda, o canhameiro, o coveiro, o carpinteiro ou o sapateiro (todos aqueles, afinal, que não trabalham a terra e que, ao passarem a vida em casa dos outros, têm fama de possuírem, e realmente possuem, mais graça e palreio do que os simples trabalhadores agrícolas), agrupam-se em torno da couve. Um deles, com a enxada, cava um fosso tão profundo como se se preparasse para abater um carvalho. Outro põe no nariz uma *droga*[35] de madeira ou de cartão que simula um par de lunetas: faz o ofício do *engenheiro*, aproxima-se, afasta-se, tira medidas, olha de esguelha para os trabalhadores, esboça um plano, arma-se em pedante, exclama que assim vão dar cabo daquilo, faz parar e recomeçar o trabalho conforme lhe apetece e, da forma mais demorada e mais ridícula possível, dirige a empreitada. Não será isto uma adição ao protocolo antigo da cerimónia, em jeito de escárnio para com os teóricos, em geral, que o camponês comum despreza sobremaneira, ou de ódio para com os agrimensores que gerem os registos e estabelecem o imposto, ou, por fim, para com os construtores de pontes e os calceteiros, que convertem terrenos comunais em estradas, eliminando assim a margem para pequenos abusos próprios do camponês? Tanto assim é que esta personagem da comédia se chama *geómetra*, e faz todos os possíveis para parecer insuportável aos que envergam a pá e o alvião.

Finalmente, depois de um quarto de hora de dificuldades e peripécias, para não cortarem as raízes da couve e poderem transplantá-la sem danos, enquanto se lançam pazadas de terra à cara da assistência (azar para quem não se resguardar a tempo; seja ele um bispo ou um príncipe, tem de receber o batismo da terra), o *pagão* puxa a corda, a pagã estende o avental e a couve cai majestosamente perante os *vivas* dos espectadores. Traz-se então o alguidar, onde o casal pagão deposita a couve com todos os cuidados e precauções. Rodeiam-na de terra fresca, sustentam-na com varas e nós, como fazem as floristas das cidades com as suas esplêndidas camélias de canteiro; espetam maçãs vermelhas na ponta das varas, ramos de tomilho, salva e loureiro em redor; enfeitam tudo de fitas e bandeirolas; carregam o troféu na padiola, juntamente com o pagão, que deve mantê-lo equilibrado e preservá-lo de qualquer acidente, e finalmente saem da horta a passo de marcha, ordeiramente.

Mas então, quando se trata de franquear a porta, e, depois, de entrar no pátio do noivo, um obstáculo imaginário opõe-se à passagem. Os portadores da carga vacilam, soltam grandes exclamações, recuam, avançam de novo e, como que contrariados por uma força invencível, fingem sucumbir ao peso. Enquanto isso, a assistência grita, excita e acalma a junta humana:

— Devagarinho, devagarinho, rapaz! Assim, assim, força! Cuidado! Paciência! Baixe-se; a porta é demasiado baixa! Aperte-se, olhe que ela é estreita! Um pouco para a esquerda; agora para a direita! Vá, com coragem, já lá está!

É assim que, nos anos em que a colheita abunda, o carro de bois, carregado de forragens ou cereais além das medidas, fica demasiado largo ou alto para passar no pórtico do celeiro. É assim que se grita aos animais robustos para os reter ou excitar; é assim que, com destreza e esforços vigorosos se faz passar a montanha de riquezas, sem a esmagar, pelo arco do triunfo rústico. É sobretudo o último carreto, a que se chama a *molhada*, que exige tantas precauções, pois esta é também uma festa campestre, e o último molho ceifado à última leira é colocado no topo do carro, adornado de fitas e de flores, tal como as cabeças dos bois e o aguilhão do boieiro. Assim, a entrada penosa e triunfal da couve em casa é um simulacro da prosperidade e da fertilidade que ela representa.

Chegada ao pátio do marido, a couve é retirada e transportada para o ponto mais alto da casa ou do celeiro. Se houver uma chaminé, uma empena ou um pombal mais elevado do que as outras cumeeiras, é preciso correr todos os riscos para levar a carga para esse ponto culminante da habitação. O pagão acompanha-a até lá, fixa-a e rega-a com um grande canjirão de vinho, enquanto uma salva de tiros de pistola e as contorções de alegria da pagã assinalam a sua inauguração.

A mesma cerimónia recomeça imediatamente. Vão desenterrar outra couve na horta do esposo para a levarem com as mesmas formalidades até ao teto que a sua mulher ainda agora abandonou para a seguir. Estes troféus ficam lá até que o vento e a chuva destruam os alguidares e levem consigo as couves. Mas, ali, vivem o suficiente para dar alguma margem de sucesso à predição que fazem os anciãos e as matronas na sua bênção:

— Linda couve — dizem —, vive e floresce, para que o nosso jovem noivo tenha um lindo filhote antes do fim do ano, pois se tu morreres muito cedo, seria sinal de esterilidade, e tu ficarias no cimo de sua casa como um mau presságio.

O dia já vai longo quando todas estas coisas são concretizadas. Já só resta acompanhar os padrinhos e as madrinhas dos esposos a casa. Quando estes putativos pais moram longe, são acompanhados, com música, por todos os convidados até aos limites da paróquia. Ali, dançam no meio do caminho, abraçam-se e separam-se. O pagão e a mulher lavam-se e vestem-se adequadamente, quando o cansaço das suas encenações não os obriga a ir dormir uma sesta.

À meia-noite ainda se dançava, cantava e comia na herdade de Belair, neste terceiro dia de boda, aquando do casamento de Germain. Os anciãos, amesendados, não conseguiam ir-se embora, e com razão. Só arranjaram pernas e forças no dia seguinte ao amanhecer. Então, enquanto regressavam às suas moradas, silenciosos e vacilantes, Germain, orgulhoso e bem-disposto, saiu para ir atrelar os bois, deixando dormitar a sua jovem companheira até que o sol nascesse. A cotovia, que cantava subindo nos céus, parecia-lhe ser a voz do seu coração dando graças à Providência. A geada, que rebrilhava nos arbustos descarnados, parecia-lhe a brancura das flores de abril precedendo a aparição das folhas. Tudo na natureza estava risonho e sereno para ele. O pequeno Pierre tinha rido e saltado tanto na véspera que nem veio ajudá-lo a conduzir os bois, mas Germain estava contente por estar só. Pôs-se de joelhos sobre o rego que ia abrir de novo e fez a prece da manhã com tamanha efusão que duas lágrimas escorreram sobre as faces ainda húmidas de suor.

Ao longe, ouvia-se o cante dos rapazes das paróquias vizinhas, que partiam de regresso a casa, repetindo com uma voz algo roufenha os alegres refrões da véspera.

Bibliografia

Edições de *La Mare au Diable* consultadas no âmbito desta tradução:

(1846) Paris, Desessart Éditeur.

(1852) In *Oeuvres de George Sand illustrées par Tony Johannot*, Paris, Hetzel.

(1973) Paris, Gallimard, coleção «folio». Edição de Léon Cellier (segue a edição de 1852).

(1989) Paris, Pocket, coleção «Lire et voir les classiques». Edição de Claudette Sarlet (segue a edição de 1852).

(2019) In *Romans* (volume I), Paris, Gallimard, coleção «Bibliothèque de La Pléiade». Edição de José-Luis Diaz (segue a edição de 1846).

Edições consultadas noutras línguas:

(2004) *The Devil's Pool, in The Devil's Pool and Other Stories* (trad. de E. H. Blackmore, A. M. Blackmore e F. Giguère). Nova Iorque, State University of New York Press.

(2020?) *O Charco do Diabo*, (s/tradutor). Brasil, Lebooks (edição eletrónica).

Notas do tradutor

A informação das notas que se seguem teve por fonte a documentação paratextual (prefácios, notas e anexos) das edições de 1973, de 1989 e, em especial, de 2019.

Excetuam-se as notas 5, 7, 13, 18, 19, 22, 28 e 30, que são aqui originais.

1 Este Preâmbulo não constava na primeira edição da obra (1846), tendo sido publicado pela primeira vez em 1852, na edição de Hetzel das *Oeuvres Illustrées de George Sand*, versão que serve de base à maioria das edições modernas e à presente tradução. Em contrapartida, com o Preâmbulo que se ganhou em 1852, perdeu--se a dedicatória de 1846: «Ao meu amigo Fréderick Chopin».

Na primeira frase, é mencionado o ciclo *Serões do Canhameiro* (*Veillées du Chanvreur*): trata-se da trilogia de romances rústicos que inclui, além de *O Charco do Diabo* (*La Mare au Diable*, 1846), as obras *François le Champi* (1848) e *La Petite Fadette* (1849).

Proponho o termo «canhameiro» como tradução de *chanvreur*, isto é, o camponês que trabalha o cânhamo, ou cânave (de que deriva, por exemplo, o topónimo Canaveses), matéria--prima importante no Berry de George Sand. O termo *chanvreur* é um regionalismo muito restrito e, hoje em dia, caiu em desuso, tornando-se obscuro mesmo para o leitor francófono comum. Não se encontra atestado nos principais dicionários do francês padrão, como muitos outros termos da fala popular *berrichonne* de que a autora faz uso recorrente.

A personagem do canhameiro, bardo local por tradição, e muito importante na mitologia pessoal da autora, entrará em ação na segunda parte deste volume (Apêndice).

2 Hans Holbein, *o jovem* (1497–1543), artista alemão, mestre do retrato, mas também autor de trabalhos religiosos e de cariz popular, entre os quais a muito influente série de gravuras em torno do tema folclórico medieval da *dança macabra*, publicada pela primeira vez em França com o título *Les Simulachres et Historiées Faces de la Mort, Autant Élégamment Pourtraictes, que Artificiellement Imaginées* (Lyon, 1530). Trata-se de uma coleção de cenas quotidianas dominadas pela figura tétrica da Morte, como lembrete da vulnerabilidade da vida humana. A obra teve múltiplas edições ao longo dos séculos, inclusive no tempo de Sand. A partir de 1538, as edições das gravuras faziam-se acompanhar de uma legenda titular para cada uma, normalmente uma citação bíblica, assim como uma quadra popular.

Eis a gravura aqui em questão, minuciosamente descrita nas páginas seguintes:

In sudore vultus tui vesceris pane tuo.
[«No suor do teu rosto comerás o teu pão […].» (Génesis: 3, 19)]

3 Não se trata do Lázaro ressuscitado por Cristo (João: 11–12), mas sim do «mendigo [...] cheio de chagas» da parábola de Lucas (16, 19–31). Lázaro passa os dias à porta de um rico que o despreza. Quando ambos morrem, o mendigo alcança o Paraíso, enquanto o rico é relegado ao Hades. Este, torturado pelas chamas, e na impossibilidade de transpor o abismo que o separa da graça do mendigo, pede intervenção divina para poder ir avisar a família, que, a comportar-se como ele, terá o mesmo destino; mas o favor não lhe é concedido, uma vez que a sua família, como lhe diz Abraão, só precisa de saber escutar a palavra dos profetas, e não a dos mortos.

4 «Cova escancarada»: a expressão (em francês, *la fosse béante*) surge mais do que uma vez nas quadras populares que acompanham as gravuras de Holbein.

5 Na primeira edição (1846), lê-se *ordre* (ordem) *social*, em vez de *état social.*

A propósito do argumento, recorde-se a grande instabilidade política que se vive em França ao longo de todo o século XIX, que é, por excelência, o século das revoluções. Na década de 1840, aquando da redação do romance, estamos em plena Monarquia de Julho, sob Luís Filipe, depois de uma primeira república, um império e duas restaurações monárquicas desde as barricadas de 1789.

6 Albrecht Dürer (1471–1528): *Cenas do Apocalipse* (1496–1498); Miguel Ângelo (1475–1564): *Juízo Final* (1536–1541); Jacques Callot (1592–1635): *Grandes Misérias da Guerra* (1633); Francisco de Goya (1746–1828): *Desastres da Guerra* (1810–1815).

7 O mistério da iniquidade, ou da injustiça, é um conceito do Novo Testamento que designa o poder de Satanás no mundo terreno através das manifestações do Anticristo, que precede a verdadeira vinda de Cristo (cf. São Paulo, Segunda Epístola aos Tessalonicenses, 2). Em termos mundanos, a expressão significa a corrupção dos costumes, a degeneração e a criminalidade, patentes na literatura que serve de alvo à diatribe do narrador — vejam-se os romances de Balzac e Eugène Sue, por exemplo, onde pululam as personagens marginais e viciosas.

8 *The Vicar of Wakefield: A Tale, Supposed to be Written by Himself* (1766), de Oliver Goldsmith (1728–1774), narra as vicissitudes de uma família abastada que se vê pobre de um momento para o outro. De gosto sentimental, ingénuo e otimista na bondade humana, contrasta de forma gritante com *Le Paysan Perverti* (1775), de Restif de La Bretonne (1734–1806) e *Les Liaisons Dangereuses* (1782), de Pierre Choderlos de Laclos (1741–1803), dois casos exemplares da literatura licenciosa do século XVIII.

Apesar de só este último ter gozado de alguma fortuna editorial em Portugal, opto, por uma questão de coerência, por traduzir todos os títulos no corpo do texto.

9 *Geórgicas*, II, (vv. 458–459).

10 Poetas populares com quem George Sand convive e se corresponde. Resultado dessa relação é, por exemplo, o texto «Dialogues Familiers sur la Poésie des Prolétaires», publicado em *La Revue Indépendante*, 1 de janeiro e 1 de setembro de 1842.

11 Ao longo do texto, surgem recorrentemente vocábulos ou expressões em itálico. Os itálicos são da autora e sublinham regionalismos ou arcaísmos próprios da fala popular do Berry (o *berrichon*), região do centro de França. À semelhança de *chanvreur*, poucos destes termos estão atestados nos dicionários modernos. Neste passo, lê-se *areau*, que seria, como explica a própria autora em *Promenades autour d'un village* (1866), «uma charrua sem rodas, a mesma de que se serviam os Romanos» (1866: 147).

12 Alusão à lei da conscrição (recrutamento militar), originalmente instituída durante a Revolução Francesa. Até ao século XIX, o serviço militar era desempenhado essencialmente por profissionais. A ideia de recrutar jovens anualmente à massa populacional era ainda recente no tempo de Sand e está presente na obra romanesca de outros autores, como Balzac.

13 *Père* [pai] *Maurice*, no original: fórmula de afeto e respeito para com um chefe de família da aldeia. Todos aqueles que não pertencem à casa de Maurice, incluindo o narrador, tratam os chefes do clã por *père* e *mère* Maurice (neste caso, a mulher

adota o nome do marido), um pouco à semelhança do uso que se dá, nas províncias portuguesas, ao título informal de «tio» e «tia». Só Germain, como se verá, os trata verdadeiramente como pais.

14 Nomes populares na região do Berry, assim como Sylvaine e Claudie, ou o patronímico Soulas (mencionados adiante). A autora faz uso deles em vários romances e, inclusivamente, batiza a filha com o nome de Solange.

15 Também a toponímia é muito exata, e configura a geografia íntima de Sand, que tinha residência em Nohant, muito perto da Belair de Germain. Fourche, assim como os Ormeaux, Ardentes, Corlay, Magnier, Presles, Sépulture, Mers e Saint-Chartier, mencionados ao longo do texto, são pequenas localidades (quintas, montes ou aldeias) atestadas em documentos administrativos da época.

16 A debulha (dos cereais).

17 Quando a morfologia o permite, ao contrário do que sucede com «Maurice», o nome que a mulher adota do marido é feminizado. Assim, a tia Guillette seria a mulher (neste caso a viúva) do tio Guillet.

18 No original: *je vas vous dire*, em vez de *je vais* — pequena agramaticalidade recorrente (sucede novamente nos capítulos IX, X e XV) que, tal como o vocabulário rústico, caracteriza o discurso coloquial dos camponeses.

19 Especialidade local, a *galette berrichonne* é um pastel folhado com recheio de puré de batata.

20 A expressão caricata (*la bête chevaline*) vem de La Fontaine: «O Cavalo e o Lobo», *Fábulas*, livro V, fábula VIII, v. 22 (na edição francesa). Não seria inverosímil ouvir um verso de La Fontaine da boca de um camponês, dada a popularidade e o carácter didático das suas *Fábulas* desde a primeira publicação, em 1668, e ao longo dos séculos seguintes.

21 «Leão»: forma corrente, durante a Monarquia de Julho, de designar um homem da alta sociedade, elegante e luxuoso, assíduo nos salões parisienses. Aqui, no feminino e em contexto rural, fica patente a ironia do título.

22 Nova alusão ao recrutamento militar, que era feito por tiragem aleatória, como numa lotaria. A expressão tornou-se proverbial.

23 A primeira edição em volume da obra (1846) era composta de dois tomos. Aqui terminava o primeiro.

24 Estes quatro últimos capítulos foram concebidos como complemento ao romance, dando conta, num registo mais documental e de grande valor etnográfico, dos preparativos e rituais típicos de um casamento tradicional na região do Berry, a partir do exemplo de Germain e Marie.

25 Compostos a par da narrativa, aparecem na primeira edição em volume (1846), isto é, depois de o romance ter sido publicado sem eles em folhetim, com o título global *A Boda no Campo* (*La Noce de Campagne*). Os quatro capítulos, desprovidos de títulos individuais, aparecem então enxertados no seguimento da história e numerados sucessivamente: capítulos XVIII, XIX, XX e XXI. Porém, a partir de 1852, o título da secção passa a ser o do primeiro capítulo e torna-se plural (*Les Noces de Campagne*), e os quatro capítulos são publicados como Apêndice e numerados à parte (I, II, III e IV), cada um com o respetivo título. Este é o esquema privilegiado pela maioria das edições modernas.

Anne Boleyn (c. 1501–1536), rainha consorte de Inglaterra, segunda mulher de Henrique VIII. Foi retratada em desenho por Holbein, à época pintor oficial da Corte inglesa.

Agnès Sorel (1422–1450), amante de Carlos VII de França. A jovem terá servido de modelo a Jean Fouquet na sua representação da *Virgem e Menino Rodeados de Anjos*, que integra o Díptico de Melun (1452–1458).

Ambos os retratos ilustram os toucados tardomedievais que se tornaram modelo para as camponesas até ao século XIX.

26 Génesis 29, 11: «E Jacob beijou Raquel, e levantou a sua voz, e chorou.»

27 É frequente na linguagem popular o uso de termos técnicos ou jurídicos, seja pela afinidade com o seu valor arcaico ou pelo gosto da paródia. A «convocatória» em questão (*l'exploit*) emula

o procedimento legal da intimação, por parte dos magistrados e oficiais de justiça, a comparecer em audiência.

28 Trata-se de uma gramadeira: equipamento, geralmente de madeira, que funciona como uma guilhotina sem lâmina e serve para trilhar o linho (neste caso, o cânhamo, o processo é muito semelhante) depois de «alagado» e antes de ser espadelado e purgado da estopa. É neste processo de moagem, essencialmente, que intervém o famoso *chanvreur* do Berry, trabalhador ambulante contratado exclusivamente para o efeito. Uma vez terminado o seu serviço (e as histórias que o acompanham), a produção do linho-cânhamo é confiada aos trabalhadores da propriedade.

29 Empregada doméstica de Sand. O casamento ocorreu em 13 de setembro de 1843 — no fim do verão, portanto, e não no inverno, como o narrador nos diz ser regra.

30 Em meadas.

31 Cf. Holbein, *A Virgem e o Menino com a Família do Burgomestre Meyer* (1526–1528).

32 A rabanada, embebida em vinho, era servida aos noivos nos seus aposentos como pretexto para um ritual onde abundavam insinuações de teor sexual.

33 O mistério é um género literário medieval de carácter religioso, com propósito moral.

34 Filho de Dionísio e Afrodite, Príapo é, por tradição, representado com um falo desproporcional, símbolo de fertilidade e abundância, mas também da comunhão com o mundo sensual.

35 «Droga», no sentido lato de bagatela, tralha, coisa de má qualidade. Neste contexto, trata-se de uma pequena mola ou pinça improvisada que se colocava no nariz, como se fazia num jogo de cartas, com o mesmo nome (*la drogue*), que ganhou alguma popularidade em França no século XIX.